真的！假的？魔法國

傅林統 著
李月玲 圖

目錄

—推薦序—

童話的文學性回歸
——我讀傅林統《真的！假的？魔法國》

國立高雄應用科技大學文化創意產業系副教授　**徐錦成**

在讀傅林統校長《真的！假的？魔法國》的書稿之前，我剛讀過他的兒童文學理論新作《兒童文學風向儀——「兒童文學的現代思維與風尚」論述》（二〇一五年十二月），受益良多。傅校長在這本書中指出，最近十幾年來台灣兒童文學界有一股「奇幻風尚」，且有傾向「小搞笑」（nonsense）的質變。回顧這些年的台灣童話，的確如傅校長所觀察的，奇幻當道，而無厘頭的趣味甚受歡迎。這股風潮，至今還沒有歇息的跡象。

風向是一時的，奇幻與搞笑，本身並沒有錯，但如果為了追求奇幻與搞笑，犧牲了文學作品該有的藝術要求，那就不可取了。無奈的是，許多兒童讀者囿於閱讀經驗不足，無法察覺這一點。這就像許多兒歌，只要有明顯的節奏與易讀、易懂、趣味的歌詞，就可能受到兒童歡迎了。但若分析起來，它們往往缺乏精緻、細膩的旋律與編曲。

細讀傅校長的理論，可知他觀察風向是建立在一個穩固的基礎，那就是「文學性取向」。風潮再怎麼變，兒童文學做為一種文學類型，決不可棄守文學的本質。從這個角度來讀《真的！假的？魔法國》，格外有感覺。這本書雖有奇幻情節，但不為出奇而出奇；雖有趣味片段，也不為搞笑而搞笑。比起近年來大半的台灣童話，這本書凸顯出文學性的高度。

譬如〈搭上風車的風〉，若以主題論，是一篇科學性的童話。科學童話難免夾帶學術性的解說，但傅校長卻把它寫成一首優美的散文詩，該篇的抒情描寫，在現今的台灣童話已經罕見。

又如〈回到人間的小精靈〉，文中說到：「**人類的進步不能只依靠『現實和理性』，也要我們小精靈幫他們『超越現實和理性』，突破進步的瓶頸呢！**」、「**自從我們回來人間以後，改變最大的是人類的大人啊！以前他們不承認我們的存在，**

現在卻認為我們構成的奇幻世界，是可以想像的『第二世界』，能夠超越理性的限制，啟發他們的想像力。」以奇幻作品討論奇幻，具有「後設」的趣味。但這個趣味還在其次，更重要的是它反省了奇幻文學的得失。

傅校長對於民間故事十分有心得，所以本書裡也有〈九曲河上九曲舞〉這樣的類型，像是一則古老民間故事的改寫。但不管時代如何變，這樣的古典故事從來不會過時。

傅校長的童話不會過時，因為他並不追趕潮流，他的童話說穿了是著重文學藝術的「基本款」。就像日本的宮澤賢治，他的童話如今讀來會覺得幻想性不足（所以許多人喜歡拿來改編，加入一些創意，替宮澤賢治補足），但他的主題及寓意卻具有永恆的價值。

讀傅校長卻想起宮澤賢治，不是沒來由。在〈發現天堂星〉的末尾，傅校長提出「淨土星」，說那兒才是讓眾生永遠安心居住的地方，比「天堂星」更美好。而在〈新桃花源記〉中，傅校長做了補充，淨土就在我們腳下，只要人類淨化自己的心靈與環境，地球就是我們的淨土。淨土思想來自《法華經》，恰是賢治喜歡的經典。

本書中有許多篇章穿插詩歌，更是文學性的具體展現。很少人這樣寫童話，因為這樣寫多少會影響讀者閱讀的速度。有些讀者光看情節發展而讀得快，但本書的詩歌會讓讀者不得不慢下來。事實上也只有慢下來讀，才會發現這本書的文字極有品味，遣詞用字謹守法度，不避流行的語彙，卻有古典的美感。

坦白說，在這個時代出這本書，我有點擔心它在市場上的反應；但任何時代都該有這樣的童話存在。傅校長老當益壯，年逾八旬仍不斷推出新作，以理論與實際創作相印證，表達他堅定回歸文學性的理念，值得台灣兒童文學界同喜！

—自序—

踏入心物交會、虛實相融的幻想世界

關於奇幻故事，一般認為是早期的「小精靈故事」演變而來的，後來又有「小矮人的故事」熱鬧一時，不管是小精靈或小矮人都是「想像的另一個世界」，在這裡作家可以淋漓盡致揮灑，無論是創意、翻轉、諷刺、暗喻、啟發，都乘著想像的翅膀飛翔。

在那裡人們可以享受現實世界所不可能享受的樂趣，可以用象徵的方式，表達深邃的情感和意境，因此充滿想像力和創意、創見的作家，就不斷推出更新鮮，更超越現實、讓人直呼痛快的奇幻作品。

奇幻文學有其長久的演化歷史，令人稱奇的是那些脫離現實的想像，在迅速進步的文化和科技中，竟然一一成為事實。

如今「奇幻文學」已是當代炙手可熱的讀物，童話作品也不例外，奇幻當道，不奇不引人注目。其實，奇幻並不是作家專有，而是人人隱藏心靈深處的願望和願景，讓我們欣賞奇幻童話之餘，也來開發自己的奇幻想像吧！

至於科幻，是根據過去和現在的正確知識，同時了解科學方法的本質和重要性後，想像未來可能發生的事物加以創作的故事，是屬於人類未開發的精神和智慧的領域。

科幻把科學的想像和文學的技巧揉合在一起，故事中不斷發生奇異、緊張、不可思議的情節，而且走入未來的世界，充滿詩意和幻想的趣味，是現代文學的寵兒。

目前最熱門的科幻是太空航行和宇宙探險，浩瀚的天空，深邃的黑夜，星星背後還是星星，層層疊疊，密密麻麻，大大小小，若隱若現，閃閃爍爍，還有那拖著明亮的尾巴，劃過黑夜的彗星，此起彼落，航程或長或短，驀然的出現，悄然的消失。天星、宇宙、太空，多麼的奧妙神祕！

果然科技的進步，最令人驚嘆的也是宇宙的新發現，而且在發現與證實之間，想像、幻想、冥思與推理的過程，又是多麼引人入勝！於是太空科幻也順理成章，蔚為文學創作的大宗，兒童文學更多所著墨，因為這是開發人類腦力和創見無比敏銳的驅策力！同時又是指引人類的心靈和物質文化，開拓無限空間的能量，在此瞬息萬變的文明航道上，奇幻與科幻那心物交會、虛實相融的思維，更突顯它在帶動人類文明往前的殊勝意義。

幻想，是上天賦給人類的，僅次於造物主的「準創造」，值得珍惜！而從奇幻到科幻，又是想像加上理性思維的智慧，歷史證明這過程是人類科學文明不斷進步的軌跡。

本書收納十五篇創作童話，讓奇幻的意涵與太空科幻的趣味，啟發兒童在天馬行空的想像，享受另一個世界奇異的喜悅後，也回歸科學的、嚮往太空的、遼闊無比的幻想，拓展無限伸延的視野和前瞻的智能。

搭上風車的風

我是小飄飄，很高興自己是「風一族」的一員，可以到處快樂飛翔，原野是芳香的庭院，山川是郊遊的園林，海洋是奔馳的操場。還有地上的小孩是可以捉弄的對象，摘掉他的帽子，吹亂他的頭髮，撩撥他的衣裳，都是很好玩的遊戲，如果小孩躲進了教室，還可以從窗子溜進去，亂七八糟翻他的書，管他生氣的罵我調皮搗蛋，玩得笑呼呼是我最得意的事。

春雷乍響，小飄飄跟三五好友遨遊櫻花盛開的山巒，哇！繽紛燦爛的一道道彩虹般的花帶，濛濛霧裡，夢幻似的令人陶醉。雖然寒氣逼人，又是細雨綿綿，但通往櫻花區的山路，卻塞滿了形形色色的車輛，看來人類真的比風還更喜歡花，可是他們哪來我們這樣輕飄飄的身材！

五月，又是人們瘋狂賞花的時候，綻放在低海拔山麓的油桐花，雪一般潔白，也像雪一般紛紛飄落。我們常常徜徉林間，幫著飄落地面的花瓣，表演空中芭蕾，為它短短的一生，留下美妙的片刻。

其實我們最愛的活動是夏天的「馬拉松大賽」，集合地點在南太平洋滔滔大海，那個起跑點叫做「海洋性低氣壓」，是個奇異的窟窿，大夥兒來到窟窿邊緣，竟然喝醉酒似的瘋狂盤旋，參賽的夥伴愈多，彼此擠壓也愈緊迫，旋轉的速度也跟著加快。於是「長途馬拉松賽」在浪濤怒吼中起跑，那浩浩蕩蕩的氣勢，多麼的雄壯！

無數的風伯伯、風叔叔、風嬸嬸、風哥哥、風姊姊，擠成一團，朝向西北方移動，揮舞著閃閃發亮的風衣，敲打著隆隆的鼓聲，跑向菲律賓，跑向台灣，跑向琉球，跑向日本，把衣袖揮向大陸邊緣，讓人們知道這是我們馬拉松的行程，不管你喜不喜歡，我們都熱情豪放的造訪。

這趟競爭激烈的長跑，好像一路吃著閉門羹，雖然我們送上豐沛的，人們期待的雨量，可是所到之處，沒人開門相迎，沒人笑臉接待，連狗兒都夾著尾巴逃之夭夭，海上的船隻都回港緊緊的靠在一起躲避瘋狂奔馳的我們。

夏季的馬拉松大賽後，初秋時節，年老的風懶洋洋藏在森林，我們活力洋溢的小夥子，還想狂飄一回找樂子，於是跟同伴急速的在原野滾翻，在村莊狂奔，頓時飛砂走石，天昏地暗，塵土濛濛，雲在亂飄，樹在晃搖，到處呼呼颼颼，怪聲此起彼落，連太陽也皺起了眉頭。不過當我們看見一個老婆婆站不穩腳，突然被風吹倒在地上時，我們後悔了，立刻收斂，飛回天空。想不到這反轉的動作，竟然引發一股龍捲風，使得人們好奇的狂呼追逐，紛紛拿出相機拍照。

十月，秋已深，風一族想做的是輕鬆的「秋風送爽」，我們悄悄來到田園上空，給靜靜的池面掀起碧綠的漣漪，岸邊的水草輕輕搖手，屋後榕樹迎風招展，屋前的花簇攤開朵朵蓓蕾，溫柔的將我們擁到懷裡，啊！多浪漫的感覺！原來我們都盼望自己是柔和的風，穿梭花間樹林，享受歡笑相迎的喜悅，甚至在人們耳邊，甜言細語，告訴他們天上雲端的美妙光景，讓他們聽得恍恍惚惚，如同跟著我們遨遊天邊海角。

夏日傍晚，我們會找上在庭院納涼談天的人，輕柔的告訴他們，放棄吹冷氣，選擇與我們交誼，是何等的聰明！我們滿溢的情意，化作清鮮的自然風，悄悄的夾帶百花的幽香，讓他們陶陶然如痴如醉，享受神仙般美妙的意境。

有一次，我們從海洋漫步到海灘，就在一片防備我們的木麻黃林的前頭，看見一排奇異的白色巨人，起初我們還以為是阻擋風的前鋒，正想猛力撞上去時，卻聽見他們以清脆悅耳的聲音悠揚地唱著歌：

風車之歌

乘著海浪來的風，請別放慢你的腳步，
掠過樹梢來的風，請別停歇你的翅膀，
我們正在等待你的愛撫和擁抱。
我們一身潔白的婚紗，
伸展修長的手臂，
切盼你投入我們的胸懷。
因為我們知道只有你充滿愛的勁風，
才能旋轉我們白皙的長臂，

使我們一身是力，產生奇妙的電氣，
把溫暖分送給人間的家家戶戶。

風車之歌，使我們情緒激動，風情萬千的我們，是大地的生命，是人類的摯友，風媒花芬芳的邀約、森林裡芬多精的散播、帆船的一路順風、豔陽下的農夫和登山客汗流浹背時的渴望、仲夏夜花扇的招呼、空氣鬱悶時的調和，我們何時不歡欣鼓舞，揮動銀光閃閃的衣裳趕來相助。

那不同於玩具風車的巨臂，深深吸引我們嚮往的心，於是我們興奮的飛奔，迅速搭上披著純白婚紗的風車，飛舞旋轉，滾翻盤繞，讓風車為我們充滿愛的勁風，不住的高聲歡呼，來電了！最乾淨的電氣來了！溫暖人間的電來了！

此刻，我們又一次，為了自己是有用的風、是充滿愛心的風，感到無比的喜悅和滿溢的幸福！

天馬鑽石淚

莉莉班上舉行「寵物吹捧」活動，好奇怪的比賽，規則更怪！

整個比賽兩小時，不准寵物出場，只准參賽者在規定的三分鐘內，憑著三寸不爛之舌，吹捧自己的寵物，看誰說得最生動有趣，獲得的掌聲最熱烈！

評審是全班同學和老師，積分最高的頒給「天馬行空獎」。

莉莉好久以來，一直羨慕同學個個擁有心愛的寵物，而她呢？小狗、小貓不用說，連養一隻蟬，都不被允許。輪到自己上台，上得了嗎？說自己什麼寵物都沒有，不被笑瘋了才怪！

不知所措，也無可奈何中，很快輪到她上台了。好！上台就上台嘛！想到哪兒說到哪兒，沒寵物吹捧，就憑空吹噓！

盡管莉莉不斷告訴自己要鎮靜，可是心一急，腦筋卻一片空白，連眼前所看見的，同學的一張張臉也模糊了，像是被一層濃霧遮著，濛濛的霧越來越濃，更是千變萬化。

在璀璨的海市蜃樓之中，出現另一個世界的入口，門檻上站著一匹駿馬，「唏唏」的嘶鳴著躍起前腳，要飛奔似的。

「我的寵物是行空天馬！」莉莉找到了話題，精神煥發，侃侃而談她的故事……

你們沒去過我家，只有老師去過，在河邊，小茅屋。我沒有爸爸，只有媽媽，是靠資源回收的三級貧民。可是我有美夢，是養一匹行空的天馬。喔！牠來了！在門口，蹲下了，裸馬，沒鞍，沒轡。我一躍而上，緊抓飄逸的馬鬃，奔騰在雲間，俯瞰山川、田園。喔！看見學校了，點點的螞蟻，原來是學生，好渺小！

「呀！太離譜了！扯到哪兒去了！」頓時噓聲四起，打斷莉莉的話語。

「大家安靜，莉莉一開頭就說得好精采！讓她說下去！」老師鼓勵著莉莉。

莉莉清清喉嚨，繼續說下去……

馬背上的我好威風，雙腿一夾，馬兒如箭一般飛馳，很平穩，說不出的喜悅和快感！

我們飛躍山嶺、海洋，來到高崗上的城堡上空，美麗的公主在塔上仰望，我們飛下來跟公主聊天。

公主說：「好羨慕啊！天馬行空，雲遊世界！」

我說：「公主啊！別人羨慕有理，妳羨慕可就沒道理！妳看！雄壯的城堡、豪華的宮殿、奢侈的生活，誰比得上妳？其實我有很多不幸呢！妳滿滿的幸福才值得別人羨慕！」

公主聽了，說我是個好辯的女孩，突然愣住了，一雙眼睛直瞪著我，我哪在乎她是公主，一張大嘴巴又滔滔不絕的說：「喜歡跟別人比較，總是羨慕別人，不懂得感恩的人，是最愚蠢的了！」

公主的表情既尷尬又苦澀，可是她想了想，認為我說得有道理吧，點點頭說：「其實我說的羨慕，不僅僅是指羨慕而是含有讚美的意思。父王、母后常告訴我，真正幸福的人，是由衷尊重別人，自己不會的別人做出來了，不但不忌妒，還會真誠的稱讚！妳騎天馬遊天涯，讚！」

這時，天空掠過一群飛雁，排成人字型，時而猛力拍翅，時而輕鬆滑行，帶頭的衝了一程一旁的趕向前去代替。

這樣輪流帶頭，毫無倦怠，那紀律嚴明卻又悠然自得的情景，吸引了我和公主的目光。

公主說：「雁子沒有固定的首領啊！群龍無首，好嗎？」

我說：「好極了！大吉大利！人人是龍是鳳，有主意，有智慧，有能力，卻和諧相處，彼此尊重，營造幸福的團隊，好哇！雁群！哪像我們就讀的班級，高分的瞧不起低分的，力氣大的霸凌弱小的，富的笑貧的。」

唏唏！唏唏！天馬迎風飛馳，踢著棉絮般的雲片，來到一〇一大樓的頂端，不！一〇一的上空，我們隱藏雲間，乘風飛繞矗立的巨龍。徐徐的風，柔柔的雲，暖暖的陽光，燦爛的台北，多美！

風兒悄悄細語：「今天，我們手牽手輕踩著一〇一漫步，好悠閒！」

「漫步是準備將來有一天需要快速奔跑！因為『天有不測風雲』哪！」

「當我們瘋狂奔撞時，一○一受得了嗎？」

「不用擔心，哪怕妳發狂搖晃，必定屹立不倒！一○一的設計，把我們風的習性、規律、季節、秩序，統統算在內，我們試過了多次，都弄不倒它。」

「真的？」

「除非添加了人為的災害。」

聽完風的絮語，我又策馬入林，進入灰色水泥叢林。熙熙攘攘的街市，寬闊的馬路，棋盤似的縱橫交錯，四通八達，我尤其喜愛通

往山區那彎曲的道路，循線前進。

哇！飆車！暴走！轟轟隆隆的引擎怒吼聲，哪像天馬文靜可愛！騎士揮舞棍棒、武士刀，好可怕！

風兒在我耳邊悄悄說：「他們脫序了！完全不把人間的秩序看在眼裡，氣象局可以預測颱風，警察局卻擋不了他們發瘋。」

「真是的！」台上的莉莉嘆了口氣，台下的聽眾爆出了一陣掌聲。

莉莉這才發覺三

分鐘應該超過了，不好意思的一鞠躬下台。

可是掌聲再度響起，紛紛要求：「莉莉，妳的狂想曲還沒結尾呢！」

老師也說：「莉莉，我再給妳兩分鐘，說完妳的結局。」

莉莉開心的繼續說……

飆車族不見了，我們來到片片白雲飄遊的山嶺，靜悄悄的，只有蟲鳴鳥啼。

啊！林子裡有間木屋，院子裡有兩個稚齡孩子玩著捉迷藏，樹林裡走出一隻大黑熊，胸前掛著新月形斑紋，牠逐漸靠近小孩，驚險萬分！

不過，擔心是多餘的，因為牠和他們玩在一起了；捉迷藏不過癮，手牽手跳起舞，還拿鍋蓋、茶壺，敲敲打打。屋門「嘎——」一聲開了，媽媽詫異的探出頭來，起初驚慌失措，接著微笑觀賞。

原來這是森林巡視隊員的家，攜家帶眷，「熊出沒」早知道，不過他們看過一本好書，有一句很好的話！「當救世主來的時候，沒有饑荒和戰爭，虎豹和羔羊，一起躺臥在草場。」

於是，他們在木屋旁邊放置足夠的熊喜歡吃的水果和蜂蜜。熊是素食的，吃飽了就不必傷人，當然相安無事。

我和天馬相伴遨遊天上人間，天涯海角，無遠弗居，一年又一年，我想我已經長大了，應該收起放縱遊樂的心，像個成熟的女孩。

有個晚上，我跟天馬說：「天下無不散的筵席，你回天上的家，我回平凡的日子專心讀書，別了！親愛的馬兒！」

可是天馬依依不捨的說：「提起別離，使我傷心不已，不過妳說的不無道理，該是分別的時候了。只是那段甜蜜的日子，怎能叫我輕易忘記！」說罷，驀然淚汪汪的啜泣，我也忍不住淚流滿面。

這時，我們驀然發覺，天馬流的是粒粒璀璨的鑽石，我流的是晶瑩的珍珠，我們把鑽石、珍珠灑滿夜空。

「我的故事說完了，謝謝！」莉莉說。

「好美！」讚嘆聲四起。

「只要把天馬當寵物，茅屋也變華屋，貧窮也變豪富，虎豹也跟羔羊和平相處，眼淚也變鑽石珍珠！」老師感嘆。

票選結果，莉莉在歡呼聲中，接受班級獨設的「天馬行空獎」，成為班上的風雲人物。誰在乎她的家世貧戶。

彈寶寶飛天夢

公園裡，綠油油的草坪，是彈寶寶準備飛上藍天的航空基地。

當蒲公英媽媽豎起高高的塔台，讓寶寶們手牽手圍成圓圈聚集塔頂時，公園裡的小朋友，還有身邊的小草、草叢裡穿梭的小螞蟻，都歡天喜地呼喊：「彈寶寶，彈寶寶，快飛上天，祝你旅途愉快！」

「謝謝！謝謝！我們就要乘風起飛了！」一枚彈寶寶晃著雪白的翅膀說。

另一枚更意氣昂揚的說：「我們不只要乘風，更要彈射起飛，要不然怎麼叫做彈寶寶！」

「對！這座塔台其實是彈射台呢！蒲公英媽媽正看著風勢，隨時準備把我們彈射出去。」又有一枚彈寶寶像是很懂事的說。

小螞蟻聽了，呵呵笑著說：「是什麼塔呀？讓我爬上去瞧瞧！」

小螞蟻上來了，驚奇的說：「好精緻的設計，擎天高塔，可乘可彈，真威風！」

「小螞蟻，謝謝你的誇獎，我帶著你翱翔藍天去。」

「我才不！藍天又沒有花蜜！」

「藍天裡有白雲、有彩虹，還有轟隆轟隆的飛機，對啦！我要攀住飛機，飛到外國去！」

「哼！別夢想，我只要找個像這樣的草地，在那兒學媽媽的榜樣，把彈寶寶培養得健健康康就心滿意足了！」

「真沒志氣！我更要搭上太空船，航行到外星球，在那兒建立蒲公英彈寶寶王國呢！」

「咦！幹嘛辛苦的跑那麼遠，我只要進入童話世界，找到被幽禁塔頂的公主，救出她，牽著她的手飛呀飛，飛回她自己的國家，見她的父王去，從此我和公主就過著幸福美滿的日子。」

「輕如毫毛的小小彈寶寶，救得了公主？吹破了牛皮，沒得救喔！」

「那你又能做什麼？」

「我要屠龍去！消滅惡龍拯救萬民！」

「哈哈！哈哈！做做好心，不要害我笑破肚皮好不好？」

「慢慢兒聽我說。」

「好，我聽你亂吹又亂蓋！」

「我要帶著屠龍寶劍，化作很小

很小的蚊蛾，飛向惡龍張開的血盆大嘴，然後溜進龍的腸胃，揮舞蜂針般帶著劇毒的寶劍，讓惡龍得腸病毒，一命嗚呼！」

草坪上布滿蒲公英直直豎立的塔台，像一小撮一小撮純白的棉花球，風兒在催促了，用微微的、細細的、柔柔的聲音說：「起飛時刻快進入讀秒了！」

「彈寶寶們，站好姿勢準備彈跳喲！」草坪上林立的塔台，此起彼落的互通訊息。

「唉！糟啦！我的羽衣！」一枚彈寶寶緊張萬分的東找西找。

「羽衣怎麼啦？這可是蒲公英媽媽給的飛行衣啊，沒它怎麼飛？」鄰座的彈寶寶又關心又責備。

另一個彈寶寶更嘲笑說：「你剛才廢話一堆，又是吹牛又是胡扯，現在沒羽衣可就什麼輒都沒了！」

「還是媽媽好！媽媽的羽衣一級棒！」

小螞蟻飛速的從草坪爬上塔台，氣喘喘的說：「誰的羽衣掉在蒲公英媽媽的葉子手上，快來不及了，拿去穿上，起飛吧！」

「謝謝，小螞蟻哥哥！」

「該謝蒲公英媽媽啊！她多麼著急的一直搖擺著葉子手，求我當快遞，把羽衣送上來！」

一陣初夏的暖風，彈寶寶靈敏的彈跳，像勇敢的傘兵乘風跳出機艙，飛向他們夢幻的國土，於是「彈寶寶之歌」悠揚的響徹藍天。

我們是喜歡飛行的彈寶寶，
飛上藍天，飛上銀河，尋覓嚮往的星座。
呀！獅子星在怒吼，蠍子星在蠢動，大熊星在瞪眼，
嚇得我們趕緊依偎在星際航艦旁邊，
可是大雁星還是舉爪窮追不捨，
我們悻悻然回航，

驀然發現蒲公英媽媽慈祥地呼喚：

遊子歸來！媽媽給你提燈光照肥美的土地一方。

我們落地生根，萌芽成長，

又是一溜兒，蒲公英欣欣向榮的家園。

九曲河上
九曲舞

九曲河，蜿蜒曲折，像身段柔美的少女，像天女舞動的彩帶。河水碧藍清澈，河畔青草萋萋，河邊阡陌連綿，稻浪起伏，再遠一點兒，山巒含煙，疊疊聳立，山下百來戶人家，是祥和的「九曲村」。

一望無垠的田園，春耕、夏耘、秋收、冬藏，村人臉上洋溢著幸福的笑容。村裡有兩個無人不曉的「達人」，一個是捕蛇達人，名叫阿勇，另一個是舞蛇達人，名叫阿水。

阿勇每當夜深人靜，就一手握著自製的捕蛇鉤，一手提著裝蛇的麻布囊，悄悄的靠著皎潔的月光，往他的「寶藏」摸索而去。

河邊的水草濃密處、叢叢灌木林，還有更遠的山坡，都是阿勇得意的獵場，悉嗦——悉嗦——，只要有蛇爬行落葉上或草叢的細微聲響，都逃不過阿勇敏銳的聽覺，手上的捕蛇鉤，迅雷不及掩耳，可憐夜行的爬蟲立即上了鉤，懸在空中不由自主的搖晃，不安的顫抖扭曲，阿勇喜滋滋的把牠塞進又寬又長的蛇囊，一拉緊囊口的繩子，任憑那爬蟲怎樣掙扎都無處可逃。

隨著囊中物逐漸沉重，阿勇的心也滿溢歡喜，捕蛇達人靠著賣蛇，日積月累成了富翁，總是對「舞蛇達人」嗤之以鼻說：「小夥子，你只會玩弄小蛇，算哪門子達人啊！」

舞蛇達人不捕蛇，只養著兩條小青蛇，當寵物寵牠們、愛牠們、教牠們舞藝，那就是後來遠近聞名，人人喜愛的「九曲舞」。

每當舞蛇達人阿水，用他特製的木箱，背著大小二青，到村莊的廟庭，敲鑼打鼓，呼喊一番，大大小小的村童，還有年邁的阿公阿婆，閒暇的年輕人，都聚集在那兒，一層層把達人圍在圓心。

阿水眼看群眾來得差不多了，就緩緩開啟擱在地上的木箱，讓大小二青，吐著花蕊般分叉的紅舌，徐徐探出頭來，接著就抽出插在腰間的長笛，吹奏時而悠揚，時而急促，時而如浪濤，時而如灑著珠玉般優美的舞曲。

這時大小二青就靈巧的隨著達人如醉如痴的神情，展現唯有身段柔和的蛇族才有的，美妙無比的「九曲舞」。

當大小二青亮著晶瑩的眼珠，一吐一縮牠那桃紅的舌芯，扭著舞著繞場時，觀眾無不瘋狂的鼓掌叫好，在達人鋪設的草蓆上投擲零錢。

舞蛇達人阿水靠著微薄的賞錢，過著雖貧賤卻愉快的生活，可是捕蛇達人阿勇卻常譏笑他「窮小子」，勸他說：「憑你對蛇的興趣，當我的助理綽綽有餘，何必窮酸過日！我賣蛇肉收入豐富不說，蛇膽更是供不應求，蛇皮呢，製造名牌包，賣的又是天價啊！」

阿勇聳聳肩又說：「你看，如今我是一方富豪，而你啊！窮光蛋！」

阿水不屑的回應：「蛇，多麼可愛，捕蛇宰蛇，我不幹！」

隨著阿勇瘋狂的捕蛇，高興的是誰？是九曲村的老鼠一族，託捕蛇達人之福，天敵匿跡，滿山遍野的稻穀、花生、番薯、玉米，竟然可以肆無忌憚的大飽口福，雖然農人慌忙滅鼠，然而那微不足道的能耐，奈何得了鼠群快速成長？快哉！鼠輩真的要稱霸一方了。

有一天，阿水心想：「村子裡大大小小、老老少少、男男女女，都看夠了蛇舞，我也該走出江湖四方賣藝，讓更多人欣賞二青美妙無比的藝術啊！」

大小二青在阿水悉心呵護下，快樂表演舞蹈，也快速長大，三兩年過去，阿水竟然背不了二青長途跋涉了。於是回到九曲村，想把牠們野放，可是又擔心成為捕蛇達人的獵物，只好翻山越嶺，深入叢林。

當來到渺無人跡的深山，阿水叮嚀說：「大青小青，你們走吧！躲在隱密的林子，過你們安詳的日子！別了，我的小可愛！」

臨別依依，當達人邁開了腳步，大小二青總是緊緊尾隨，寸步不離，阿水只好再說：「世間沒有不散的筵席，走吧！你們再跟下去，我的心會破碎呢！」

二青不忍阿水傷心，只好忍痛往回走，一程一回頭，聽著阿水含淚啜泣的聲音，直到彼此看不見身影。

過了幾年，九曲村因鼠害猖獗，人人生活在飢餓苦難中，唉聲嘆氣，欲哭無淚，不知如何是好？送走二青後，不忍心再捕蛇的阿水，孤苦零丁的守在河畔的茅屋，任憑荒草掩沒了庭院，蛛網當成了窗簾。

有一天，坐在簷下啜飲老茶的阿水，忽然聽見水岸那兒傳來悉嗦——悉嗦——，似乎很熟悉的聲音。

「咦？該不是大小二青回來吧？」

阿水又詫異又期待，急忙起身探望。

「呀！果然是你們！」

雖然眼前的兩條大蛇，大得不是二青可比，可是阿水怎忘得了牠們靈巧聰慧的眼神！何況小青眼眶還有紅痣可認呢！

在青草搖晃，銀光盪漾的碧波裡，二青婀娜多姿的婆娑起舞，是那九曲舞的美姿，扭呀扭的把達人逗得心花怒放。

不一會兒，叫阿水驚奇的情景展現眼前了，盈盈河水，粼粼漣漪，銀波盪漾之間，不僅有懷念的大青小青，更有華貴的大紅小紅、雍容的大黃小黃、俏麗的大花小花、色色皆齊備的曼妙舞團，牠們紛紛睜著亮麗的眼睛，深情的向阿水行注目禮。

「二青，是你們帶來的嗎？多漂亮的夥伴！」

二青頻頻點頭微笑。

不過阿水一想到阿勇，不禁打了個寒顫，急忙告誡：「回去吧！這裡危機重重，千萬不可久留，我已經知道你們幸福美滿，這就夠了！」

可是大小二青卻猛力搖頭，然後帶領彩光繽紛的夥伴，泅進河心盤旋舞動，頓時，九曲河成了偌大的舞池，阿水眼看著那又是彩帶舞，又是芭蕾舞，又是霓裳羽衣舞，又是天使鴿群般旋繞著山河，不由得歡呼：「大青小青，你們要帶給村子幸福的心意我懂了！」

靈巧可愛的九曲舞，在雲霞、山嵐、陽光，千變萬化的襯托裡，顯得多麼浪漫絢麗！天上彩雲，地上舞影，相映成趣，是天地間絕妙的景色啊！阿水的長笛、波濤的節奏，風聲雨聲也都成為天樂般的旋律，為「九曲舞」伴奏。

不知何時，村子裡的老老少少都聚集河畔，興奮的為阿水、為大小二青們喝采吶喊叫好！田野裡的鼠輩聞風驚惶逃竄，再也不見鼠影。

捕蛇達人阿勇也詫異的趕來觀看，不禁讚嘆說：「啊！欣逢歲次癸巳肖蛇，令人陶醉的蛇舞，帶來的是生態平衡的祥瑞徵兆啊！」於是放棄捕蛇，改行當起舞團的志工，更是阿水再好不過的助理呢！

遊戲三達人

有個「達人充滿」的國家，叫做「達人國」。

什麼「達人」？

是每個人的名字，後面一個字，都是「達」。

「這算什麼達人呀！還當國名，不怕笑死人！」

「嗨！不要性急！精采的達人國故事就在後頭，聽了就會懂得說的是什麼『達』，而且心扉頓開，智慧洋溢啊！」

①鬼大多國王下戰書

阿木達國王很年輕，虛歲九，實歲不到八，愛玩、愛吃、愛哭、愛耍賴！天不怕地不怕，卻有個叫他又害怕又敬愛的人，是老謀深算、步履穩重、說話有理又有禮的宰相爺爺德克達。

「陛下！陛下！」每當德克達鞠著躬，慢條斯理的恭敬說話時，小小國王總是心頭怦怦的緊張聆聽，動也不敢動。

小小國王最快樂的是跟小布凡達遊戲，這玩伴是母后在德克達老臣的建議下，慎重的召開群臣大會經過三天三夜討論，三天三夜不眠不休的尋找，好不容易找到的「陪玩侍郎」。

小小國王的日子，過得還算愜意，可是好景不常，鄰國欺負他年幼無知，悄悄準備併吞達人國富饒的領土。

「陛下！陛下！報告陛下！」一向穩重的德克達老臣，一反常態，緊張兮兮跑過來。

「宰相爺爺，什麼大事？會叫你慌張？」

「是鬼大多國王，率領大軍布陣國境，派使者送國書來了！」

「國書寫著什麼？」

「限我們三日內解除武裝，獻上國庫裡的寶藏，要不然！要不然！……」

「要不然怎樣？請快說！」

「要不然揮軍直搗京城，首先抓你陛下……斬首！」

「哇哇！哇哇！哇哇！」阿木達小小國王，索性放聲大哭，愈哭愈傷心。

「陛下，哭不是辦法啊！」

「宰相爺爺，都是你害的啦！當初你為什麼偏偏要推舉我當國王！」

「陛下！請不要耍弄孩子氣，老臣已經胸有成竹！」

「既然胸有成竹，就請快說！」

「請布凡達率領大軍，趕往邊境保家衛國。」

「那怎麼行！布凡達是我的陪玩侍郎，我一天都不能沒有他！」

「不是小布凡達，是他爺爺，老布凡達！」

「老布凡達？你不是說過他已經是古稀之年，還能騎馬打仗嗎？有沒有像小布凡達那樣的絕招！」

「陛下！不要擔心，也不要懷疑，小布凡達出神入化的騎術和武功，就是老布凡達教的！」

「喔！是真的？」

「當然是真的，欺君之罪，臣哪能承擔！」

「呀！師傅出招，一定驚天動地！」

「是的！老布凡達，老當益壯，是國之棟梁，願意遠赴邊疆，守護國土。」

「你是說只要老布凡達守住邊疆，小布凡達還可以繼續陪我玩囉！」

「當然！不過老臣要跟陛下約法三章。」

「只要能繼續玩下去，約法幾章都沒關係！」

「我可敬可愛的小小陛下，老臣德克達這就要隨同驍勇善戰的布凡達老將軍，出征遙遠的邊疆去了！不能在陛下身邊照顧你了！老將軍是老驥伏櫪，誓死報國，馬革裹屍在所不惜！而我德克達，沒有馬革，也準備棉襖啊！」

「宰相爺爺！不管你們準備什麼馬革還是棉襖，快說你的約法三章！」

「可敬可愛的小小陛下啊，請你要把約法三章當金科玉律遵守，我和老將軍才能放心遠征，現在容我一一道來！」

②約法三章

第一章：守住你的遊戲。

小小陛下，你要盡情的遊戲，
守住你真正快樂的遊戲。
你要知道所有成材的大人，
都曾經在遊戲裡悠遊於願望的大海，
他們的童年都在遊戲裡度過，
心儀的帝王、懍然的將軍、敬佩的偉人，
都在辦家家和戰爭遊戲裡扮演過，
還有藝術家、音樂家，也在塗鴉、玩泥巴
和敲敲打打裡當夠了癮。
大人自己享有過的，怎能從小小陛下你身上剝奪！
你要堅決守住讓你成長的遊戲！

第二章：守住你的童心。

小小陛下你要知道，
童心的世界是你擁有的香格里拉，
不該受粗魯的大人蹧蹋，
在那兒，花兒會微笑，鳥兒會歌唱，
星星會眨眼說話，雲朵會披上霓虹羽衣，
童心的世界有的是無限的自由，
想像會長著翅膀飛翔，
愛心會像春日一般和煦擴散，
那裡沒有假裝和瞎話，沒有面具和狡詐。

第三章：守住你的真理。

小小陛下，你要尋找真理，憑著天真的童心

從快樂的遊戲和閱讀裡尋求！
親眼所見、親手所做、親身經歷，誠然可貴，
可是遊戲和閱讀的經驗，才是豐富人生的靈泉。
把你的小手伸向禁不住要讀的書籍，
當你的書，你的心，永不各自分離，
奇異的神通力將開啟你的智慧門，
使你發現終生依靠的真理。

阿木達小國王，聽了老臣「約法三章」，只牢記「守住遊戲」一章，不！只記得「遊戲」兩個字而雀躍不已。

既然龍心大悅！就蹦蹦跳跳來告訴媽媽：「母后娘娘！從此以後，我可以盡情的遊戲，誰也管不了我，囉嗦的老忠臣德克達，要跟布凡達老將軍吃什麼馬革和棉襖果實去了！媽媽，那是什麼水果啊？」

母后生氣了，舉起手杖做出敲打的姿勢說：「遊戲！遊戲！你父王就是

被遊戲害死的！要裹屍的該是你喔！還要吃什麼果實！」

「遊戲不是很好玩嗎！老臣約法三章，就是要我好好遊戲啊！」

「唉！你們君臣都糊塗了！他老糊塗，你年幼無知，我當母后的可不能跟著糊塗！你知道嗎？你父王從小到大一直遊戲，什麼電動遊戲、電腦遊戲、虛擬實境、賭博性遊戲、暴力遊戲、戰爭遊戲，說也說不完的遊戲，當鄰國攻打過來，還興高采烈，說是規模好大好逼真的戰爭遊戲！結果……」

「結果把戰爭當兒戲，輸了！輸得很慘！」小國王聽了不知多少次，都能倒背如流了！

然後小國王正經八百，立正敬禮說：「報告母后娘娘！我跟老臣約定的不是兒戲，是成長遊戲，請母后放心！」

③戰歌響起

「能夠叫我放心嗎？」母后痛心的把雙手壓在胸前。這時，達人國悠揚的國歌，聲聲傳了過來，小國王和母后趕緊快步跑到面對廣場的陽台，於是接著交響樂團又奏起達人國昂揚的戰歌：

出征的號角響起！
戰馬雄糾糾的邁著整齊的步伐，
揚起灰濛濛的塵土列隊前進。
鎧甲發亮，軍旗飄搖，喊聲雷動！
陣陣回音滲透每個人的心，
喔！英勇的老布凡達，
在萬人空巷，君王親自歡送中，
向遙遠的邊境迎敵作戰去！
彎腰駝背的老德克達也披上戰甲，
所有兵卒都抖擻精神勇往直前！

④遊戲萬歲

愛遊戲的小小陛下，和陪玩侍郎小布凡達，又加上了宰相爺爺，特別安排他的小孫女德蘭達，三個遊戲天才，送走了出征的大軍，立刻聚在一起商議，怎樣實踐「約法三章」。

「遊戲第一！別的以後再說！」

「其實三個約是一體的，在天真的遊戲中尋找真理就對了！」

「對！說來說去，還是遊戲！」

「遊戲萬歲！萬萬歲！」

「不過我們什麼遊戲都玩過了，這回得玩出創意才行！」

「對！我們要的是很特別的遊戲，譬如上山下海！」

小國王一聽，興奮的說：「對！上山下海冒險去！到父王未曾去過的，危機重重的傳說中的神祕森林，尋找達人國的神山去！只有千辛萬苦，踏過祕境，登上神山，才能成為達人國真正英明的帝王！」

「那先王是沒去過神祕森林，也沒登上神山群囉！」

「為什麼沒去？」

「是那時的眾大臣一個個都反對！只有老德克達和老布凡達費盡口舌鼓勵，奈何孤掌難鳴！」

「喔！知道了！兩個老臣就是為了給小小陛下你，能夠遊戲裡冒險去，才把那些七嘴八舌，阻攔我們的老頑固一股腦兒，統統帶去邊疆關禁閉。」

「哈哈！看管啦！關禁閉不好聽。」

神祕森林裡有達人國傳說的神山群，只有開國始祖天威達大王去過，以後只是口耳相傳，說森林深處是神仙居住的「瑞草池」，碧綠的池水，點綴天星般彩光閃耀的瑞草。聽說嚼了一片瑞草葉，就會全身舒暢，獲得奇異的神通力，然後有足夠的力量，踏進神山群。

神祕森林的傳說，對三個小達人來說，並不陌生，他們也知道先王所以被阻攔上山，就因為到達神山群之前，必須經過「迷魂八卦陣」，誰也無法安然通過的險境。

「為什麼老德克達和老布凡達，不顧小小陛下你的死活，暗示你做這樣的死亡遊戲！還要他最疼愛的孫女陪著去？」

「就因為那絕對不是兒戲！要以天真的童心，克服迷魂八卦陣的冒險遊戲，奇異的神通力，就在戰勝魔障的剎那，充滿身心。」

「那時就完成了跟老德克達的約法三章了。」

來到神祕森林的山麓，仰之彌高的神山，就在雲霧飄渺的天邊，而面前是幽深陰暗的谷川。踏上疊疊的古怪岩石，谷裡煙霧瀰漫，巨木參天，機靈的松鼠跳躍枝椏間，忽然幾聲吱吱猿鳴，一群獮猴列隊對你示威。

「神祕的氣息從谷間飄出來了！」

「神山才真的神祕呢！」

「到底怎樣神祕？」

「可以心想事成！當你心中充滿快樂，天上就會掉下神奇的禮物，想玩具，就掉下玩具，想糖果就飄來巧克力，想騎馬，天馬就奔馳而來，想讀書，你就置身滿是好書的圖書館，想上學，你就在心花怒放的校園。」

「真的？我們快去！」

「別忘了，要通過迷魂八卦陣。」

「三個小小遊戲達人，一位是明君、另外是智者和勇者的傳人，赴湯蹈火在所不辭！哪怕前程艱辛！」

走進陰森森的山谷，風停住了，蛇蠍出沒了，山谷兩邊險峻的崖石，像惡魔的臉龐，有的瞪著眼，有的裂著嘴，有的吐著舌。

隨著夕陽西沉，氣溫驟然下降，冷得發抖。走在前面的小布凡達，忽然發覺有什麼冷冷的東西掉在頭頂，以為是樹果，伸手去接，呀！是螞蝗，可怕的吸血蟲！手掌一片血，全身寒顫！

突然，劈哩啪啦，無數的螞蝗驟雨般掉下來，三個小勇士奮力的抓了又抓，拋了又拋！好不容易脫離恐怖的螞蝗陣。

⑤神祕的小木屋

拖著疲憊的腳步，彼此呼喚勉勵，許久許久，朦朧的月色中，終於看見河邊隱隱約約浮現一棟小木屋。

「呀！有救了！」

喘了一口氣，輕輕推開虛掩的門，靜悄悄的不見人影。屋裡有一圓桌，桌上擱置的是奇怪的鏡台，鏡面光亮，猶如電腦螢幕，忽然字幕出現：

約法三章小勇士，歡迎光臨！

我是古老的魔鏡，無所不知，無所不能，而且歷久彌新，人類的電腦就是模仿我魔鏡，雖然功能逐漸接近，可是還遙遙相差無數個十萬八千里，尤其是我的魔眼能透視未來，電腦卻總是記得從前忘了眼前，也不懂將來。

小達人們不禁暗暗的小聲互通心聲：「夠囉嗦的魔鏡！」

還好字幕很快轉變了：

請按「開啟」，將為你帶來天賜鴻運！

小小陛下往前按了滑鼠，畫面出現：

請按「確定」，你前面坎坷危險的途徑將平坦安穩！但代價是達人國的勇者將戰死沙場，馬革裹屍。

小小陛下毫不遲疑，按了「取消」。

螢幕上再出現：

小小德蘭達有請！妳只要按下「確定」，妳的聰明就無人能比！可是老德克達也同時凋零！

小小德蘭達心想我已夠聰明，爺爺的命才是要緊！立即按下「取消」。

螢幕上又出現：

小小布凡達，你武功超群，摘下阿木達頭上的王冠輕而易舉，那麼達人國就屬於你！

小小布克達毫不猶豫，說：「王冠屬誰是天意，不得由武功奪取！」

螢幕上出現閃閃金光的大字：

試驗通過，請休息！

一夜安眠，可是一覺醒來，卻聽得屋外整片樹林蛙聲呱啦呱啦大叫！

「這樣美的森林，怎麼不是清脆悅耳的鳥啼，竟然是惱人的蛙鳴！」

三個人走出門外，一群大青蛙蜂湧而來，一隻隻急匆匆，爭先恐後。忽然魔鏡那兒傳來低沉的聲音：

「那是醜陋的青蛙，惹人厭煩！會吵得你們發神經！還好，你們身邊出現『威力噴火龍』，專為你們效勞！」

三個小達人，很有默契，異口同聲說：「看！拚命跳躍而來的青蛙，個個臉上掛著期望的神情，就像祈求公主一吻的王子！」

「噴火、燒殺，不是我們天真童心要守住的遊戲！」

三個小達人齊唱：

聽鶯啼就歡喜，
那是人之常情，
然而怎可聞蛙鳴就厭惡！
不管黃鶯、青蛙，都是尊貴的生命！
牠們啼鳴自己的天籟，
怎容你去干預！
宇宙萬物都有他們各自的天地！

蓄勢待發的威力噴火龍，一聽小達人的歌聲，立即回應：

我是威力噴火龍，
屬於你指使的忠僕，
只要你下達小小聲的命令，
我一肚子的火氣就噴向你的仇敵！
毀滅是我的興趣，
殺戮是我的本領，
你我本是一體，情意相投！
我的小小主人，
快拿定主意，
我精神抖擻，隨時聽命！

三個小達人默不作聲，刀出鞘，箭上弓，怒目齊向噴火龍！大聲吶喊：「滾吧！可惡的心魔，我們心中洋溢的是純真的童心，怎會受你煽動呢！」

嚇壞了的噴火龍，吞下嘴邊的紅紅火舌，夾著尾巴消失在所站的泥土中。

奇蹟發生了，跳躍而來的青蛙，只要一接觸三達人任何一人的身體，立即變成一隻隻青鳥，發出美妙的啼聲衝上晴空飛翔。

天空上的青鳥愈來愈多，林子裡的青蛙愈來愈少，只剩下零零落落幾隻。雲端的青鳥繞著兀立在三小達人面前的八座高山盤旋。

「啊！青鳥的翅膀煽起迴旋的大風，驅散了八卦群山的濛濛霧氣，奇異的山形一一清清楚楚的浮現了！」三個小達人不禁高興的歡呼！

⑥誰是主題山

魔鏡又說話了：「不要高興得太早！真正的考驗才要開始！請看我的鏡面。」

魔鏡出現字幕：

請牢記八卦山的尊名和順序，一到山口要大聲恭誦山名，一犯錯便洪水猛獸伺候你！限時零點一秒，請把握！

一、巍巍峨峨君子山

二、暖暖和和愛心山

三、快快樂樂笑言山

四、晶晶瑩瑩螢光山

五、豐豐饒饒母牛山

六、常常川川活水山

七、翩翩翔翔蝴蝶山

八、爽爽朗朗順風山

三個小達人都一目十行，過目不忘，何況只有八行，難不倒他們！不過有些山名卻叫他們難解。

「笑言山，什麼意思啊？」

小德蘭達說：「天災地變，令人慌恐，號啕大哭！不過防災救災認真，災區重建績效好，大家就啞啞的有說有笑了！陛下，這是治國之道啊！」

「小德蘭達！妳的口氣怎麼那麼像妳爺爺啊！不過答得好！對了，為什麼也有叫做母牛的山？」

「母牛又柔順又會分泌乳汁，小小陛下！您難道不懂農牧的好處？」

「怎可不懂！獎勵產業，國家自然豐饒啊！」

記住山岳尊名恭敬稱誦，原來曲折的迷宮，都轉成一路順風！來到八號「順風山」，三達人鞠躬行禮，歡呼山名，可是奇怪的事發生了，不但沒有爽爽朗朗的「順風」相送，山口處竟然塵土飛揚，出現一排鐵騎兵，手持長槍擋住去路。

「我們順風行走，怎麼阻擋我們的路？」

「不是阻擋，是歡迎大駕光臨！」騎兵後面出現一位身穿華服，頭戴花帽，手持拂塵的神仙，和顏悅色的說：「千百年來，能到達此地的，除了天威達大王外，只有你們三位，我見到了怎不歡天喜地迎接呢！何況時代不同，仙界也鬧著不平安啊！」

「那我們是來得不是時候囉！」

「也不算是！只要你們能夠擺平群山之神的紛爭，就可以安然踏入神聖的『瑞草池』了！」

「八卦群山之神，爭的是什麼？」

「你們過來八卦總會議事廳吧！八位山神，為著誰是群山之主題山，互不相讓，爭得面紅耳赤，氣急敗壞，鬧成笑話，勞動玉皇上帝指派我森林之神來調解，我雖然費盡口舌，他們卻一點兒都聽不進去，因此只好封閉山口，要求你們解決問題才放行！」

小小陛下說：「那還不簡單！八座都是主題山，我們經過所有的山，發現各自的主題都非常明顯，各有優點，只要互相尊重，彼此欣賞，哪有互爭高下的必要！」

於是小小陛下帶頭，三小達人琅琅以相聲唱誦：

君子自強不息，愛心溫暖人間，笑言快樂充滿，螢光照亮黑暗，母牛喜慶豐收，生命活水泉湧，蝴蝶舞動藝術，順風使人心安。

「八峰連綿，映照一片靄靄容光，山風迴旋，揚揚蕩蕩，八山統括堅強、愛心、勤勞、光明、健康、生命、藝術、隨緣等人世間的美德，每一主題都是真理，都一樣亮麗璀璨，永遠永遠受人瞻仰喜愛！」小小陛下肯定的說。

森林之神若有所悟大聲的說：「對啊！每一座山都一樣重要，何必爭長短！」

八山之神聽了，個個面帶笑容，互相道喜，有說有笑，皆大歡喜！

歡迎貴賓的音樂悠揚奏起，岩石鑿成的山門在嘎啦啦聲中開啟，三個小達人知道遊戲已經進入最後階段的高潮，歡欣雀躍，奔向憧憬已久的神山，嚼一口瑞草池畔的草葉，於是心扉頓開，全身洋溢著奇異的神通力，飄飄然的迎向神山而去……。

⑦登峰造極

神山，嚮往的聖地，祖靈守護的淨土，想要成為達人國真正的明君，非得踏上神山接受神明和祖靈的祝福，否則國土危脆，天災地變，加之人民的向心力不足，怎能國泰民安呢！

神山，高聳入雲，飄渺的雲霧如同一群手攜手歌舞的小天使，德蘭達聽爺爺說過，那就是「童心山巒」。山巒下是廣闊的一片山崗，靠近了才知道是夢幻般燦爛美妙的遊樂場——「遊戲崗」。

雖然是疊疊山峰，但三達人身如浮雲，走在山巒間隨心所欲，可以快如疾風，可以漫步如神仙，心裡想要的玩具，不管是鐵金剛、小飛俠、神祕火箭、太空船、核子潛艦、復活恐龍，都隨意出現而且操縱自如。不過奇怪的是一定要心存藝術美的「遊戲精神」，如果稍稍產生敵意、殺氣，所有得心應手的玩具，立刻就變成廢物一堆。

三達人登上「童心嶺」了，眼前是一座又一座七彩的虹，掛滿在雨後乍晴的藍天。不一會兒，隱隱約約出現一群群天女，在彩虹間婆娑起舞。於是山歡笑，河歡唱，頑石點頭，遠遠的天界傳來聲音，說這是童心未泯的人才看得見的光景。

三達人又來到最高的神山——真理岳。一群小小的，色澤平凡樸實卻神采奕奕的鳥兒，悄悄飛過來縈繞身邊。

「叫什麼名字呢？這些鳥兒。」小小陛下詫異的問。

德蘭達識廣見多，立刻回答：「是天雀！」

天雀們一聽，展翅飛向湛藍的天空，啼鳴輕盈美妙的八部和音，向天界傳達地上的信息，也帶回來自天界的回音，於是三達人開啟另一雙眼睛、另一雙耳朵，凝視、諦聽，領會一切天上人間的真理。

有一天，達人國雙喜臨門。老將軍、老宰相，互相陪同，不折一兵一卒，率領大軍凱旋回朝。喜愛遊戲的小小陛下，已長成英明的大君，由知心玩伴，小德蘭達和小布凡達，左右相隨，結束神山約法三章的遊戲之旅，意氣風發回宮。

全國達人喜出望外，載歌載舞，歡聲雷動，盛大慶祝「美夢成真」，於是一系列熱鬧的活動就展開了。

真假魔法國留學記趣

①魔幻黑洞

達人國王宮，最大的特色，就是擁有一座遼闊的祕密花園，小王子阿木達一到這兒，總是容光煥發，雀躍歡欣！森林中央，山丘上，枝葉繁茂，龍蟠虎踞的老樟樹，是他最愛的景點。

老樟樹粗壯的枝幹吊著秋千，阿木達王子時常帶著陪玩侍郎德蘭達、德克達，一起盪秋千，把秋千盪得高又高，然後和著囀啼的鳥鳴，輕飄的微風，唱起熟悉的那首歌「春天的希望」。

春神
踩著輕盈的舞步來到人間
高個子的山
一個個笑嘻嘻脫下雪帽行禮
溪水亦步亦趨
又唱又跳跟隨到平原

花兒綻露美麗的笑容
鳥兒囀啼悅耳的歌曲
誰都為春神的來臨鼓舞歡欣
我們也情不自禁吟唱春天的希望
留學魔法國——滿足探險求知的心

唱罷，三人盡情的玩著所有童稚的遊戲，猴子般敏捷的爬上樹梢，把整片綠油油的大森林盡收眼底，奔跑草原，摘取甜美的野草莓，嚼得滿嘴果汁染紅紅。

熱了，跳進瀑布底下的潭子潛水，探看水底石縫裡的魚蝦驚惶躲藏，仰望水波映著陽光閃閃發亮的奇異景觀。

累了，躺在草地，風柔和的托著落葉，輕輕的飄在空中，鳥兒交錯飛行林間，啾啾交談彼此所見，童年的時光又回到三個要好的少年少女身邊。

那一天，小王子盪著秋千，德克達、德蘭達雙雙用力推著，就像從前一

樣，秋千盪得好高好高！小王子的腳伸得好直！好直！竟然踢到了老樟樹挺直的樹幹，是好有力的「臨門一腳」，想不到一腳踢開了一扇門。

「是個樹洞！」

「好大，好可怕的黑洞！」

「呀！看不見洞底呢！」

三個少年一起攀住樹幹探看奇異的洞口，眼睛習慣了黑暗吧！慢慢的看出了別有洞天！

「咦！是個祕密通道。」

「好深，好長，不知通往何處？」

「啊！有路標。」

離洞口不遠處懸掛在洞壁的標示：「魔法國入口處」。

「夢？美夢？惡夢？絕對是好夢！到魔法國學魔法去！」小王子肯定的說。

「王子要去，我們捨命相陪！」

「什麼捨命相陪？是快樂跟隨！」

一陣歡笑聲中，三個人悄悄消失在奇異的樹洞，那扇被踢開的門，也隨著無聲無息自動關閉，森林又恢復原先的寧靜。

②魔法雙叉路

摸黑的路程令人心驚膽跳，恐怖的蕭蕭風聲，驀然的蝙蝠飛翔，從領子滑入背脊的冰涼水滴，絆腳的突出岩石，可是任何艱困都打消不了求學魔法的心。

走出黑洞，穿過森林，來到一望無垠的草原，幸好有明顯的路痕，走呀走的來到雙叉路口，三個人不知往哪條路走。

王子說：「德蘭達，我們兩人各走各的路，我向右，妳向左，分別尋找高明師傅學魔法去！」

德克達又緊張又不服氣的說：「那我呢？難道要把我丟在這裡？」

「不是丟，是請你留守在這裡當路標，免得我們學成回國時迷失歸鄉路。」

「那我不就失去了學魔法的機會？」

「哪會有所閃失，我們學成歸來，雙份奉送！」

於是一向右一向左，留下德克達一人在雙叉路口。

阿木達王子如願碰見了巫師，本來以為找到好老師了，可是巫師哪相信他是尊貴的王子，狠心的把他當奴僕使喚，還氣勢凌人的說：「好小子！學法之前，先學服侍師傅，你要黎明即起，打掃，挑水，洗刷地板，煮好早餐，端到臥房給我，接著洗我的衣服、被套、披肩、襪子，晾在陽台。」

阿木達王子聽了十分驚愕，可是為了學魔法，他悄悄告訴自己：「一切都必須忍！」

巫師稍停一會兒，吞吞口水聳聳肩說：「總之，我要求自己的徒弟能夠自動自發，要不然還能學魔法嗎？對了！我最喜歡吃花生米，炒蒜味的，現在起一有空你就剝花生，搗蒜頭，炒花生，愈多愈好，直到我吃得滿意，然後我就傾囊相授！」

阿木達雖辛勞，卻懷著盼望，每天做好家事，接著就是剝花生，搗蒜頭，炒花生，一大盤又一大盤的花生，香噴噴的叫人直流口水。

巫師一粒不剩的吃完，還嫌不夠，叫阿木達王子明天要更加把勁，還狠狠的說：「好好做事，免得我從不滿意轉成生大氣，你這奴僕可要吃不完兜著走囉！」

德蘭達呢？碰到巫婆，三言兩語被捉回城堡，偌大的城堡只有巫婆一人居住，現在多了個婢女。

巫婆不住的打量著德蘭達說：「看樣子妳是個可造的才女，聽我的話，當我的門徒，有一天妳就是我的接棒人。」

「喔！我一定唯命是從！」德蘭達聽了，暗自歡喜，以為找到門路，遇到好老師了。

「嗯！果然聰明懂事，那妳就先從糧倉裡搬出白米磨米漿，做紅龜粿，包綠豆餡的，我一生只喜歡吃紅龜粿包綠豆餡，好好做，我滿意了，就把魔法的祕笈傳授給妳。」

巫婆交代好工作，懶洋洋的躺在搖椅，搖呀搖，瞇著眼昏昏入睡。懷著希望的德蘭達做起事來格外有勁，洗呀洗，洗整包米，煮呀煮，煮整鍋白米和綠豆，一整天不停的工作。

紅龜粿一盤又一盤，堆成山，熱呼呼的，香噴噴的。傍晚巫婆醒來，一盤又一盤的吃著，很快的一個都不剩，德蘭達乾巴巴看著直流口水。

③巫師探訪巫婆

有一天，巫師心血來潮，要訪問巫婆，呼喊阿木達說：「我出門期間，好好剝花生，炒好香噴噴的蒜味花生，千萬不可偷懶！」

說罷急忙奔上頂樓，然後倏！一陣奇異的風聲，騎著彩色魔氈，向藍天飛翔而去，一會兒就不見蹤影。

阿木達好羨慕，更起勁的剝花生，搗蒜頭，炒花生，一心想討好師傅，博得歡喜，好把飛氈魔術早日學來。

過了些日子，巫婆打算回訪巫師，呼喚德蘭達說：「我騎掃帚出門後，妳要關妥門戶喔！」說罷指著山頂上的城堡說：「然後把我的馬兒放出去吃草，妳騎著驢子到巫師的城堡跟我會合。」

巫婆交代好一切，匆匆上了頂樓，倏！輕輕一聲，在牆壁上留下清晰的騎掃帚的影像悄悄消失了。

德蘭達照著吩咐辦好了事，騎著驢子趕路，一路上回想著巫婆的行跡，總覺得事有蹊蹺。

巫師、巫婆相見，親熱的招呼寒暄，把久別重逢的阿木達、德克達兩人，留在客廳，雙雙到密室密談。阿木達和德蘭達倆很好奇，很想知道巫師巫婆到底談著些什麼？

阿木達發現密室雖密，卻有個通風口在牆角，於是搬來高腳椅，踏起腳悄悄偷聽。

巫婆說：「那小丫頭好乖巧，做很多家事，不過都是我逼著的，一天到晚擺著臭臉！」

「唉！不要逼，用哄的！」

「怎樣哄？」

「其實魔法還不是哄騙法、障眼法、聲東擊西等等技巧，哪有一項是真本事！就是妳騎掃帚，我坐魔氈，還不是哄騙的。」

「怎麼哄騙那小丫頭，心甘情願，高興工作？你有高見，請直截了當的說，不要拐彎抹角的！」

「我告訴那蠢蠢的小弟弟，只要認真做我的僕人，我高興了，會收他為徒弟。」

「我懂了！」巫婆高興的哈哈大笑，巫師也隨著滿面笑容。但阿木達聽了，真不是味道呢！

④ 發現祕密

阿木達和德蘭達倆，起初很失望，一片熱誠來到魔法國學法，卻聽巫師巫婆說魔法只不過是騙術，一顆心怎能平衡呢？兩人難過得雙雙淚流不止。

阿木達噙著淚水說：「巫師說他坐魔氈，巫婆騎掃帚，都只不過是哄騙和障眼法，那麼現在起，我們的目標就放在偵查他們是怎樣的哄騙、障眼？」

「對！這也算是發現魔法的祕訣啊！」

「現在起，我們裝傻好好工作，不要讓他們起疑心。」

阿木達最吃重的工作是搗蒜頭、炒花生，他常常傻傻的望著天花板流口水，口水一滴滴，滴在蒜頭、滴在花生米，巫師發現了，生氣的大罵：「給我滾！我再也不要你這樣骯髒的徒弟了！」

阿木達以為會被趕出城堡，想不到巫師卻一把抓住他，抓上城堡的高塔，打開石室的門，將阿木達丟進去，碰！一聲，關上門就走。

阿木達雖然被關，卻感到一陣陣莫名的興奮，因為巫師每次坐魔毯飛行，這裡是起飛的基地。

「咦！好臭喲！是什麼牲畜的糞便呢？」阿木達不禁驚叫著掩住鼻子。突然有一隻龐大的蝙蝠，颼！一聲，飛過窗邊。

「啊！我懂了！蝙蝠！」

難道巫師騎的就是彩繪成毛氈花紋的蝙蝠？也難怪巫師跟巫婆說，魔毯也只不過是騙術！

「我該怎樣學會騎蝙蝠？」

發現祕密的阿木達，躲在高塔角落，乘機親近蝙蝠，把牠當成寵物，愛牠，寵牠，馴服牠，有一天，阿木達終於能夠跟巫師一樣騎著蝙蝠飛翔了。

一心掛念著德蘭達的王子，在巫師熟睡的夜晚，騎著蝙蝠逃離城堡，憑著記憶尋找巫婆的家。

至於德蘭達呢？巫婆看著的時候，目不轉睛，專心一致磨米漿、做紅龜粿，等待巫婆外出，偷偷的觀看她怎樣騎掃帚。

倏！一聲，一個影子掠過天空，輕飄飄地，明明是巫婆的身影，卻又像是虛幻的影像，德蘭達感到不可思議，悄悄潛入巫婆密室外面的草叢。

「喔！原來巫婆用稻草編製了一把掃帚，也紮了一個與巫婆本尊維妙維肖的稻草人，而屋頂的竹棚懸掛的竟然是皮影戲的舞台。」

德蘭達終於了解了巫婆騎著掃帚起飛，只是一齣皮影戲而已，就像巫師說的障眼法而已。本來德蘭達所以不敢逃跑，就是害怕巫婆騎著掃帚緊追著來。

現在德蘭達可以毫無顧忌的跑出巫婆屋了，到了野外，恰巧阿木達騎著彩繪蝙蝠過來，於是兩人共乘蝙蝠，歡呼著就要離開惡夢般的魔法國。

阿木達說：「這些日子我們雖然飽受辛勞和驚恐，可是帶回魔氈般的彩繪蝙蝠回達人國，可說是珍貴無比的戰利品啊！等在雙叉路的德克達一定喜出望外。」

德蘭達說：「不是真正的魔法，德克達哪會歡喜，一定滿臉失望的神情。」

就在兩人交談的當兒，突然從上空傳來怒吼聲：「當然囉！是失望的神情！我來抓你們回城堡治罪了！」

原來巫師騎著最大號的蝙蝠媽媽來了，載著王子和德蘭達的小蝙蝠，一聽母親的呼喚，回頭跟著飛回城堡的蝙蝠洞了。

⑤脫逃大行動

阿木達王子和德蘭達倆人，又回復到從前的生活了，阿木達不住的剝花生、炒花生，被蒜頭嗆得直流淚，其實大多是想念德蘭達而心酸落淚。

德蘭達呢？不停的磨米漿，磨豆粉，做紅龜粿。太累了，只好每當巫婆外出，趁著機會休息打盹，而巫婆面前卻勤奮揮汗。

有個晚上，巫師拍拍阿木達的肩膀說：「今天你做得不錯，可以早點兒睡覺或玩你的遊戲了。」

「晚安！巫師伯伯！」阿木達頓時放下千鈞重擔似的輕鬆起來，喜出望外的微笑請安。

巫師進入自己的房間，照例鎖上門，不一會兒就呼呼打起鼾。阿木達回到後屋，躺在床上卻闔不上眼，因為他策劃著「脫逃大行動」，要回到日夜思念的溫馨的家。

窗外漆黑一片，但阿木達全身洋溢著勇氣，很快的溜出門外，摸黑往前，找到了庭園邊邊的柵欄，還好並不高，何況阿木達王子本來就是跳高能手。

一，二，三，跳！身體正要過柵欄時，好像有人從後面拉住他的衣角，阿木達一屁股跌在草地。

「是誰？」阿木達以為巫師伯伯來了，畏畏縮縮的回頭，但薄暗裡不見一個人影。

「或許這裡風勢大，換個位置跳吧！」阿木達又找了個容易起跳的地方。一，二，三，跳！

可是又砰！一聲，跌在草地，這回好像有人拉住領子，阿木達趴在草地悄悄觀察，卻一點兒動靜都沒有。

「這就奇怪了！」阿木達大喊：「誰在搞鬼？出來啊！」四周依然靜悄悄。

「是不是我自己的錯覺？再試試看吧！」這回改變方式從柵欄底下穿過，眼看就要鑽過去了，突然有人抓住後腳硬拖回去。

阿木達嚇壞了，不禁大聲呼叫：「來人啊！救人啊！」

來的是巫師，哈哈大笑說：「想逃走嗎？可惜魔手始終抓著你，逃不走的，死了這條心，一生一世做我的奴隸吧！」

「哪有魔手！巫師不是說過一切魔法都是騙人的障眼法嗎？」

「你偷聽了我和巫婆的交談？」

「是的！」

當巫師暴怒如雷時，遠遠的聽到德蘭達的喊聲：「阿木達王子，放心！只要放下被魔法綑綁的心，你就自由了！」

這時，阿木達若有所悟的發現：剛才所以跳不過也穿不過柵欄，都是自己心裡還有著戀戀不願捨棄的魔法，其實拉他衣角的、捉他衣領的，都是自己內心的魔手啊！

一，二，三，跳！阿木達順利的跳出柵欄外，很快的君臣倆就會合了。德蘭達說：「趕快離開假象的魔法國。」

阿木達王子說：「難道還沒學到真正的魔法就要回達人國嗎？」

「當然不是，真正的魔法國才是我們尋求的目標啊！」

巫婆緊追著德蘭達，不是騎著會飛的掃帚，而是拚命的跑呀跑。

巫師緊追著阿木達，不是要追回他，而是有一句很重要的話告訴他。

「阿木達，聽聽我的真心話，我本來也是離開家鄉立志學魔法的，由於意志薄弱，毅力不足，滿足在以假亂真的魔術，現在後悔已經太晚，奉勸你，堅持學會真正的魔法！」

巫婆在後面補充說：「魔術和魔法截然不同，請堅毅不拔，追求真正的魔法，不要滿足在障眼的魔術啊！」

「我們懂了，謝謝懇切的提示，我們一定繼續尋找，直到找著能夠學到真正魔法的師傅為止！」

⑥小精靈的歌聲

離開巫婆、巫師後，君臣三人困頓的行走在無止境的草原和森林，又飢又渴，就在窮途末路，不知所措時，天空飄來朵朵彩雲，雲間露出一個個看似調皮，卻又聰明，又充滿善意的小臉龐。

「啊！是彩雲天使！」

「呀！是彩雲精靈！」

「不！應該是魔法小精靈。」

當三個人又興奮又驚奇時，雲間傳來魔法小精靈的歌聲：

看見了嗎？
那坎坎坷坷的
布滿荊棘和刺竹的
很少人行走的那條路
正是通向正義的途徑呢！

看見了嗎？
那寬闊平坦的
綻開令人驚豔的罌粟花
有人誤以為是往天堂的那條路
正是通向邪惡的途徑呢！

看見了嗎？
開滿野花蜿蜒的

越過山丘的幽徑
那是通向小精靈之國的
今夜我與你同行的路

三個人以為在夢中，但腦子清清楚楚的，絕不是夢，而且確確實實的看見魔法小精靈從雲間飄飄然翱翔著來到樹林，躲在葉片後面，藏在花朵裡面，雖然看不清楚姿態，但他們的美麗、可愛，是可以想像的。他們又齊聲合唱：

你的願望有多大
魔法的力量就有多大
只是你的願望
必須是走坎坷的正義的途徑

從心底許下你的願望吧！
真誠的
毫無懷疑的相信小精靈與你同在
來到魔法國並不是夢遊奇幻之境
是一點兒都不假的真實經歷

當你把魔法當真的時候
我們小精靈就成為
你的手
你的腳
你的身體
讓長了翅膀的你飛得比風快
我們更要成為你的眼睛

讓你變成千里眼透視牆的另一邊
甚至看見雲端的一切
鳥瞰大地綺麗的風光

小精靈唱罷歌，紛紛在林間、花間，小河上，山丘上，翩翩飛舞，歡迎新朋友來訪。

⑦魔法國的國籍

小精靈舞罷，一個個列隊來跟阿木達三人握手，他們眼看三人眼眶裡閃耀著疑惑不安的神色，於是七嘴八舌紛紛說明：

「魔法國的魔法，不是平常的魔術，更不是高明的科技設計出來的東西，譬如機器人，或4D手機那類的玩意兒。」

「魔法，具有一種很奇妙的氛圍氣，是不失赤子之心的人，才能感受到的神祕的氛圍。」

有個小精靈跳著舞著說：「我們的說明就此打住，歡迎三位新朋友很快取得魔法國的國籍。」

阿木達迫不及待的問：「魔法國的國籍？要怎樣才能取得？」

「那就是要看你許下什麼願？你的願是不是真的實現？」

「魔法國的國籍沒有什麼書面文件，也沒有什麼電腦檔案，更沒有什麼戶政事務所之類的機構在辦理。」

「那要怎樣證明已經取得國籍？」

「很簡單！看你有沒有讀心術，一眼看得出別人的心意。」

「對！還要有平等心，把所有的人，所有的動物植物，所有生命，都當作你知心的好朋友。」

阿木達一聽，很高興的大呼：「好極了！這不是我們三個人本來就具有的本性嗎！」

「沒錯！我們的一顆心，隨時都在關心朋友，我們的一雙眼睛也都隨時以關愛的眼神看著別人，當然天生具備讀心術。」德蘭達附和說。

「對！我們連毛毛蟲都養著讓牠蛻變翩翩飛舞的蝴蝶，蚯蚓也替牠覆蓋一層土，流浪狗更給設置收容的家，一切生命都是我們的知心好友！」德克達更肯定的說。

「太好了！珍貴的魔法國國籍，你們垂手可得。」小精靈歡天喜地。

那天，阿木達三人跟小精靈們相談甚歡，直到夜幕深垂，然後安住魔法小屋，一夜好夢連連，更從寬闊的明窗，看見屋外螢火蟲海浪般飛著舞著，一直連接到天上的星星之海。

第二天，清爽的大晴天，三人已經喜愛上這裡的一景一物，一早，結伴郊遊去。小河彎曲著身段，滿嘴泡沫的說：「歡迎！歡迎！我和魚兒，還有岸邊的柳樹兒，都歡迎你們！」

魚兒翻著白肚，在水面滾翻跳舞，柳樹兒搖著又長又細柔的手，愛撫著河，他們像訓練有素的五星級飯店服務員，齊聲說：「歡迎光臨！」

阿木達三人走進樹林，忽然發現知覺敏銳了起來。身上的神經連接上了葉脈吧！聽得見葉子的歡聲，水分流動的淙淙聲音。

他們又遠遠看見水鹿一家大小在湖邊交談，談得高興了，牽起手圍成圈圈載歌載舞。彩虹橫跨天邊和山丘，告訴大家雲端的訊息和山那邊的見聞。

三人快樂的徜徉一整天，直到太陽穿上燦然的金縷衣西沉時，才心滿意足的回魔法小屋。

「魔法國好美！」

「魔法國好友善！」

「魔法國生命盎然！」

三人慶幸來到這美好的國土。

這時，小精靈的心語又傳來：「魔法國雖好，可是只能存在你真誠的願心裡面，小心喔！當你拋棄了你的願望，你就喪失魔法國的國籍。」

⑧阿木達的願望——詩人國王

小精靈們說：「在魔法國，願有多大，魔力就有多大！希望三位新住民說說你們的願望。」

阿木達首先說：「我願我將來是一位『詩人國王』。」

「哇！好一位許下追求『詩心』的王子！從前有個國王追求的是『獅心』，大無畏的勇敢的心，果然成了戰無不勝，攻無不克的英雄國王。可是苦的是老百姓啊！糧食被徵收，子弟被迫去當兵，兵疲於爭戰啊！」

「阿木達追求的是不同凡響的『詩心』，多麼令人欽佩！」

「對！有一顆詠讚大自然，深刻入微歌誦赤子之心的『詩心』，這樣的天子必然是好國王！」

「王子的願望，我們小精靈義不容辭，個個都會貼心的幫忙實現，不過要成為偉大的詩人，那一定還得去找『龍吟洞』的龍，來當王子的指導教授啊！」

小精靈們和王子來到「龍崗」，看見蜿蜒起伏的山勢，宛如蟠踞的巨龍，他們沿著山坡，拐過一個彎，隆隆水聲令人驚奇，原來到達「龍口」了。巨龍張開大嘴，噴出成串的口水，再靠近，口水變成長長的白練，伴著豪放的歌聲，灑著一顆顆晶瑩的白玉，奔騰跳躍下來，任誰都會陶陶然沉醉在龍吟的詩章。

世界上再也不會有比龍崗更好的地方了，這裡是一片濃密密的森林，花草樹木的靈氣，悄悄的、輕柔的環繞著。信步來到溪畔，會遇見神氣活現的水精靈，嘻哩嘩啦、笑容滿面，急著跟你歡心細語。山光嵐影也柔柔的輕撫著你，遠處的山，山外的湖，湖邊的野鳥，也都請託小小旋風捎來溫馨的信息。龍崗不僅是遼闊大地的地標，更是大地向廣漠宇宙發出信息，也接受資訊的通信中心。

龍吟洞的龍，是古老的年代，從雲端下來隱居在此的，他一發覺阿木達王子來訪，立即高聲呼喚：「千萬年來，我翱翔無垠大地和太空，皓月光輝、星辰羅棋、朝靄夕照，一切的一切都是我吟詩的素材。王子啊！來吧！敞開心胸，顯出你赤子之心，詩自然像紛飛的雪片，甚至雷霆萬鈞，從你心海裡，一篇篇湧現！」

王子和龍無所不談，不知不覺更深夜闌，阿木達站在洞口往外眺望，看見墨綠色的原野，竟然從他身邊，泉湧般出現一條銀色的河，細看，是成群的螢火蟲，閃閃發出銀光，緩緩穿流，朝向天上朦朧的銀河。

阿木達不禁驚呼：啊！流螢原來是天河的支流！隨著呼聲，從神祕的夜光裡，忽然浮現天人飄飄然的身影，他們踩著輕盈的舞步，充滿喜悅的灑下天香滿溢的曼陀羅花。

阿木達又是一陣歡呼：「天上、人間，都在心的一方！這光景、這心境、這感覺，不就在最美麗的詩的世界嗎！」

龍高興的歡呼：「王子啊！你開竅了，詩的靈感，詩的意境，詩的妙趣，都已經在你領會的光景中。」

從此阿木達提起筆，詩篇就像龍口的水，奔騰暢流而出，「桂冠詩人」的榮耀自然而然落在他身上。阿木達時常躑躅龍崗流連忘返，聆聽瀑布那兒傳來的龍吟，一會兒豪放高歌、一會兒細語綿綿、一會兒行雲流水、一會兒妙語如珠、一會兒迴腸盪氣、淋漓盡致！

啊！龍，你才是真正偉大的詩人啊！我只不過從你那裡，諦聽、搜索詩的靈感，填補我空虛的枯腸啊！龍啊！我親切的教授啊！我感恩戴德！

阿木達不禁捧起小精靈們獻給的桂冠，肅然起敬的說：「龍啊！頂天立地的大詩人啊！您才是桂冠真正的得主！」

這時龍口那兒傳來喜悅的話語：「哈哈！阿木達王子啊！其實你不用客氣，你篇篇美妙的詩章，都是你我共同的創作，你謳歌我回應，我呼喊你諦聽，就像螢火蟲飛翔，星星就眨眨眼，風兒舞動，海浪就跟隨一般，自自然然，你的詩就是我的心聲，你的心語就是我的呼求，我們心心相應，『詩心』滿溢的你，有的是恢弘的『龍心』，你的國土，你的百姓有福了！」

⑨德蘭達的願望——幻想的翅膀

德蘭達本來就自以為很聰明，而且「想像力」豐富。可是來到魔法國，驀然發覺自己的「想像力」只能在本來的達人國派上用場，至於魔法國呢？需要的是更精巧的「幻想」，否則怎能跟得上長著翅膀的小精靈們呢！

德蘭達高聲的說：「我的願望是長出幻想的翅膀，自由自在翱翔魔法國遼闊的空間。」

「呀！好了不起的，遠大的願望，不愧是高智商的陪玩侍郎。」
「幻想，並不是在你們的現實世界產生的想像，而是要來到小精靈和龍掌管的魔法國發揮的靈感。」有個小精靈特別提醒德蘭達。
不過阿木達卻詫異的反問：「德蘭達和我，還有德克達，不都已經身在魔法國，而且已擁有國籍嗎？」
「不知廬山真面目，只緣身在此山中，況且幻想是需要長著翅膀飛翔的啊！是超出了你們本來居住的世界之外，由最聰明且有靈性的我們，特別創造的另一個世界啊！」
當德蘭達跟小精靈們侃侃而談時，突然感覺手腳溫暖了起來，逐漸的變成全身熾熱，甚至輕輕的飄浮起來，分明是長著翅膀的天使啊！
「啊！實現了！德蘭達的願望！」
阿木達和德克達，還有小精靈們，都清晰的看見德蘭達的身體長出分光鏡般晶瑩剔透，迎著陽光散發繽紛彩色的翅膀，而且手握彩筆飛翔。
德蘭達不斷的彩繪天空、海洋、山脈、森林、城堡、迪士尼、一〇

——甚至宇宙、星辰、月宮——景色變幻無窮。

奇妙的是在她眼前，如果哪裡有裂縫，有空洞、有黑暗，或有連接不起來的地方，德蘭達的彩筆，立刻畫上可愛的小精靈、小仙女、小天使或小矮人，把它填補得天衣無縫。如果那是恐怖的陷阱或破洞，德蘭達立刻給畫上莊嚴的神像、菩薩像，使它看起來充滿瑞祥之氣。

德蘭達繼續的飛翔，不斷的彩繪，在雲間畫上飛龍，在山崗畫上地龍，海洋畫上海龍，火山上畫火龍，每條龍都栩栩如生。

阿木達和德克達，還有小精靈們，眼看著德蘭達的魔幻彩繪，高興的歡呼：「不但要畫出形象，還要畫出他們的神情、本領，還有他們的愛心啊！」

德蘭達回應說：「當然囉！我還要為我所彩繪的腳色，編寫劇本，來演出一齣齣精采的魔法戲劇啊！」

德蘭達話一出，她彩繪的花仙子、小矮人、星星王子、小飛俠——無不挺身而出歡呼聲四起：「長翅膀的幻想公主啊！我們願盡心盡力，為實現妳的劇情，上天下海，冒險犯難，赴湯蹈火，粉身碎骨，都在所不辭！」

小精靈們更手舞足蹈，到處把喜訊告訴人們：

「讓幻想飛翔吧！它不只是夢，是好夢成真！」

「讓幻想飛翔吧！它不只是真實，是比真實更真實！」

「讓幻想飛翔吧！它不是平常的學問，是使人無比聰明的學問。」

德蘭達喜極而泣！原本以為不可能實現的願望，都在魔法國一一的實現了！

⑩德克達的願望——翻轉和創新的思考

輪到德克達表明願望了，他有點兒靦腆的搓搓手，晃晃腦說：「至於我的願望嘛，很不一樣喲！想擁有顛覆傳統、超越現實的思考能力啊！」

話才說出，立刻掌聲如雷，小精靈們紛紛表示敬佩的說：

「好酷，好帥，好神的願望，真的跟上時代潮流了！」

德克達聽了雖然高興，可是卻滿臉迷惑的說：「不過我不懂怎樣去實現啊！」

有個小精靈說：「沒問題！找來魔神教你不就得了！」

德克達一聽「魔神」，嚇得雙腳發軟。

這時，森林裡射出一道光芒，隨著有聲音：「說鬼鬼到，說魔神魔神到。」

小精靈們紛紛催促德克達：「趕快呼叫師傅，跟上前去啊！」

德克達的記憶裡，魔神曾經把森林裡的茅草屋變成豪華的宅第，把牛糞變成甜滋滋的草仔粿，把蝗蟲腿變成雞腿。這回不知又要玩起什麼顛覆和創新的把戲？德克達著實有幾分不安。

魔神說話了，充滿慈祥的語氣：「其實你一點兒都不用怕我，跟魔神做朋友，可以培養不一樣的創意，也可以從跌倒再爬起，好處多著呢！首先到森林裡捕魚去吧！我知道你很喜歡這玩意兒的。」

德克達詫異的說：「捕魚？該到雪融的河，那兒才有洄游的鮭魚啊！」

「你想得美，那裡的鮭魚都絕種了，你如果想當捕魚達人，就得學會

『緣木求魚』了！」

「緣木求魚？那不是徒勞無功，白費力氣嗎？」

「這樣說的是沒有創見、沒有眼力，不懂顛覆和創意的人，聽聽我魔神的意見吧！給你一支捕魚網，爬上樹梢撈呀撈的，就會撈到活蹦亂跳的新鮮活魚。」

德克達疑惑的站著不動，魔神指指他手上的長柄魚網說：「爬上樹梢，像追捕蝴蝶的那樣撈啊！」

德克達一動也不動，魔神又催促：「爬啊！龍捲風就要來了。」

德克達勉強爬上了樹梢，看見空中舞著蝴蝶，飛著小鳥，飄著白雲，哪有什麼魚？真是提不起精神。

魔神眼看德克達懶懶散散，鼓勵說：「看遠些吧！龍捲風一來，機會跟著來，抬起頭看海那邊。」

德克達極目眺望，森林盡處是海灘，滔滔奔馬似的白浪像是海的蕾絲，接著是起起伏伏像呼吸著的大海，德克達驚呼：「我看到海了！」

「對！一直望著大海，同時握緊你的漁網。」

德克達聽話照做，但久了，不耐煩了，嘀咕著：「還不是傻傻的『守株待兔』！」

「不！機會是給有準備的人啊！」

德克達抖擻精神望海，突然大聲驚叫：「來了！龍捲風來了！朝著這邊席捲過來了！」

「是機會來了，不用怕，龍捲風來到森林就會變成一陣驟風，拋下從海裡撈起的大量漁獲，抓住機會豐收一番！」魔神在樹下歡欣雀躍。

轟隆！轟隆！德克達緊抓著樹枝，晃搖一陣後是傾盆大雨，雨水中魚蝦在蹦跳，撈呀撈呀！滿滿魚網，不禁開懷大笑。

魔神說：「這是『緣木求魚』嗎？是『守株待兔』嗎？」

德克達說：「我們的辭典要改寫了！『緣木求魚』：有先見之明的另類思考。『守株待兔』：機會是給耐心等待的人。」

「對！看樣子，你開竅了，通過魔法顛覆思考的課程了！」

⑪ 永不褪色的赤子心

從魔法國回來的阿木達，不久繼承了王位。他是一位民調滿意度很高的「詩人國王」，特點就是擁有「永不褪色的赤子之心」。

什麼是「赤子之心」？就是很自然很天真的心，這樣的心會使自己的眼睛變得完全的透明，沒有塵埃和雲翳遮蔽的，可以看得很遠很細，也很清楚的心靈的眼睛。阿木達國王時常吟唱：

眺望天上的銀河
啊！水岸的小草
水底的沙子
水中的游魚
無不清清楚楚的映在眼裡
難道，我是超級千里眼？

徜徉原野
聽見風的呢喃細語
聽見宇宙太空的天言心語
聽見鳥蟲走獸的歌聲囀啼
聽見花草樹木的問候寒暄
難道，我是快樂的順風耳？

阿木達國王不僅是千里眼、順風耳，而且也讀得出人們眉宇間的思想情感，相逢的不管是熟人或陌生，微笑裡看見他內心的愉悅，沉默裡感覺他深沉的冥思，不言中感受靈犀一點通。

阿木達覺得人與人之間，應該你看得見我的「赤子心」，我也看得見你的「赤子心」，這樣彼此坦誠知心，是多麼好的人際關係啊！

阿木達招來德克達、德蘭達，一起草擬「全民終生赤子心教育計畫」，然後廣泛討論，確實實施。果然達人國很快成為沒有虛偽，沒有詐騙，沒有汙染的幸福國家。魔法國的小精靈、無不紛紛歡欣雀躍來達人國遊玩度假，無限清新的遐思，瀰漫在這幸福的國家。

⑫達人國願望之歌

「願有多大，魔力就有多大！」達人國的百姓們，聽到發自詩人國王的話，每個人都想著許下宏大的願望，並且建議政府頒發「願望之歌」，全民歌唱。

可是問題來了！每個人有每個人的願望，歌詞誰來寫？怎樣寫？寫什麼？議論紛紛，莫衷一是。

開明的阿木達國王說：「每個人當然有自己跟別人不一樣的願望，自己的願望自己寫歌，自己唱，甚至神祕的唱。不過我們更要有共同的願望，這歌詞由國家徵求公眾的意見，由詩人和音樂家一起譜成『達人國願望之歌』。」

熱烈的討論後，詩人國王綜合大家的意見，完成了歌曲，很快的唱遍達人國的大街小巷。

願我們好夢連連
美夢成真
兒童有兒童天真無邪的夢
成人有成人異想天開的夢
老人有老人安詳樂觀的夢

我們希望動物也有美夢
夢裡沒有獵人
只有寵愛牠們的男女老幼
我們希望花草樹木、山岳河川都有美夢
夢裡充滿喜愛大自然聆聽天籟的人

我們希望達人國的人都相看兩不厭
你的歡樂我們彼此分享
你的悲傷我們一起承擔
你的重擔我們共同負荷

我們希望達人國蝴蝶滿天飛
蝴蝶啊！
輕輕的書，疊疊的信
寫著真理，寫著愛情
翩翩的飛舞
花與花之間
人與人的心

「達人國願望之歌」，人人琅琅而唱，唱遍大街小巷，田園和原野，響遍藍天碧海，山林和溪谷之間，隱隱聽見小精靈在合音，龍在輕吟，魔神在打著節拍，好一幅幸福魔法國的寫照。

時光靈樹

時光靈樹如遮天大傘，碧綠的葉片迎著陽光寶石般發亮，葉縫閃耀著鮮紅的果實，天香四溢，令人陶醉！森林裡任何動物，傷心、苦悶、不安，只要吃一顆靈樹的果實，立刻把煩惱拋諸九霄雲外，心中充滿回到童年般的快樂。

這樣珍貴的樹，當然有守護的勇士，是誰？是猩猩一族。大猩猩、黑猩猩和長臂猿。大猩猩組成搜索連，在森林裡的每條路徑、每個角落巡邏，不是針對歹徒，而是在發現誰傷心？誰不快樂？立即敲打胸前的大鼓，砰！砰！砰！通知黑猩猩組成的勤務連，轉達守在樹上的長臂猴特技連，迅速摘取樹果，快遞宅配，送到傷心的動物嘴邊。

縱然猩猩的服務如此殷勤便捷，可是牠們始終堅守「鐵的紀律」——每隻動物一生一世，只能吃一顆樹果，誰也不能例外，如果煩惱重來，只好自行調適！動物們懂得惜福，樹果一顆，終生受用，處處洋溢著歡樂。

可是有一天森林邊緣傳來大猩猩砰！砰！砰！敲鼓聲，那急促的、震耳欲聾的響聲有異於尋常，原本安寧的森林，史無前例，籠罩一片愁雲。

「到底發生了什麼事？」老虎、花豹、水牛、大象，還有鸚鵡、畫眉、野雁，連打著盹的貓頭鷹都慌張的互相詢問。

當大夥兒驚慌不知所措時，訊息又傳來，大猩猩引亢呼喊：「喔！喔！喔！獵人來了！可怕的獵人來了！他們手上有槍，趕快逃啊！」

老虎、花豹、大象，所有動物誰不怕人類手上噴火的槍，連飛得快、飛得高的老鷹都心驚膽跳。

「呀！森林的末日到了！哪裡逃呢？」

一時，地面、林間、空中，交通大亂，到處擠滿逃難的動物潮，黑猩猩立刻信心喊話：「大家不用慌！我們有靈樹相伴，還怕什麼呢！」

以時光靈樹為圓心，擠滿了忐忑不安的種種動物，獵人逼近了，好奇的觀察從來沒人見過的千禽百獸組合的陣仗。

「到底怎麼一回事呢？那麼多動物層層圍住一棵奇異的大樹。」

「喔！樹葉是綠寶石，樹果是晶瑩剔透的仙桃。」

「口水都要淌下了，快過去摘來吃個過癮！」

「先趕走礙手礙腳的動物！」心急的獵人，端起槍砰！砰！砰！朝空射擊，大猩猩眼看情況不對，趕緊勸導大家避開讓出一條路。

獵人來到樹下準備摘果實，守護的猩猩們急忙高舉右手，向獵人比著「1」。

獵人們捧腹大笑：「吝嗇鬼！只許摘一個？不！我們要吃到飽，吃到痛快！」

猩猩們更急了，跳著叫著不斷比著「1」。

「你們儘管跳腳吧！我們吃定了！」

當獵人們大快朵頤的同時，奇怪的現象發生了，獵人每吃一個果子，模樣就變化一次，變呀變！又變呀變！靈樹也配合變的步調，晃著葉子唱著歌：

誰說時光一去不回流？
品嘗靈樹一個果，包你回到童年快樂時，

再吃一個，茫然逆流，鑽入原始蠻荒時，
再吃一個，驀然突變，滑進猿猴懵懂時。
靈樹神奇魔力時光倒流一瀉千里！

原來時光靈樹的果子，吃一個返老還童，吃二個，退化成原始人，吃三個，突變！獵人變成猩猩。

好熱鬧的大樹傘，傘下熙熙攘攘一群猩猩，有原本守護靈樹的，有獵人突變的，還好，大家手牽手，稱兄道弟，一片祥和親熱的氛圍。森林的動物，無不歡欣鼓舞，發現天堂竟然實現在身邊。

模特兒夢幻秀

我是頂呱呱的服裝秀模特兒，有人叫我「衣架」，未免太離譜了吧！有人說我是「人台」，或「人型」，我都不能接受！

我是夢露，並肩站立的還有赫本和麗莎，我們三個人是這家服飾店的台柱，身上穿著最頂級的貨色，含情脈脈的盯著每個佇立觀看的女士先生們，女士們總是對我們品頭論腳，至於男生呢？面對著我們，尤其是我夢露，個個都在臉上泛起害羞的紅暈！

這些小小的事，都不足掛齒，我在乎的是老闆娘和她唯一的女店員，說的話、做的事，總是那麼怪異。

一個中年女顧客進門，一眼看上我，不！看上我身上的時裝，露出喜愛的眼神，上下打量，還靠近與我比一比身材，唉！那痴胖的一身肥肉，怎能跟增一分嫌胖，減一分嫌瘦的我夢露相比！

可是女老闆卻堆滿一臉的笑容，恭維說：「呀！您真有眼光，這是法國進口貨，歐洲最近流行款式，太合妳富貴的好身材了！各種賽斯（size）都有，可以到裡面試穿。」

痴胖女又到赫本那兒打量，不屑的說：「瘦成枯枝，看起來多難受！」說罷又到麗莎面前，拉拉她的衣角說：「妳還差不多。」

老闆娘一路跟隨在旁，顧客一句話，她深深的點一次頭，末了說：「您看起來好年輕喔！不管夢露的、赫本的、麗莎的，您都可以穿呢！像您這樣好選擇衣服的女士，可並不多啊！」

老闆娘鼓動脣舌又說：「好像夢露的最合適，這款式的色彩有好幾種，特別為不同年齡設計的，因為喜愛的人太多了，您可以參考參考！」

痴胖女一副愛理不理的模樣，一轉身，掰掰！踏出門，頭也不回的走了，只留下陣陣撲鼻的強勁香水味。

老闆娘扳起面孔，不屑的送走痴胖女，然後向閒閒走來走去的女店員說：「哼！一副貴婦人模樣，皺皺的，明顯拉過皮，打過玻尿酸的臉，要淌出油脂的軀體，配穿夢露她們的服裝才怪！不知醜的蛤蟆，還逛進我們店！喔！快開電扇和抽風機，腥腥騷騷的怪香水味，難受死了！」

年紀很輕的女店員，附和著說：「老闆娘，妳還真有耐心，這樣一身肥肉的顧客，如果是我，才懶得理她。」

老闆娘聽了恭維話，很高興的嘿嘿笑了！可是立刻感覺有什麼不對勁，笑臉不見了，臉皮微微顫動，露出十分不悅的怒氣。

「喂！妳剛才說什麼呀？顧客來了妳理都不理，我幹嘛花錢僱妳？」

「是！我會認真！好好招呼顧客的。」

「這還差不多，本來就該如此。」老闆娘趾高氣揚，說罷對鏡自照，修修眉，撲撲粉，噴噴香水，然後對女店員說：「我要出門，好好顧店！」

「是！是！我會以老闆娘為榜樣！」女店員恭恭敬敬送到門口，等老闆娘身影縮進門前的轎車，呼嘯一聲遠離，她就轉身打個大哈欠，徐徐的說：「啊！昨夜玩得太累了，管他顧什麼店，叫夢露、赫本、麗莎，三美女去顧好了！反正薪水那麼一點點！」

女店員窩在沙發，打開音響，尋她的美夢去了。

赫本對我使個瞇瞇眼說：「我們來時裝秀，痛痛快快的！」

「好極了！僵在這裡，好難受！今夜燈光如此柔和，音樂這般浪漫，整天看著不是味道的臉色，多討厭！現在解放了！穿上喜愛的服飾，載歌載舞，玩個痛快！」

音樂像藍藍的河，有時快板，有時慢板，有時急速，有時安詳，有時歡樂的，不斷的響著。

當三美女手舞足蹈走秀時，衣架上的、櫃子裡的，不管是春夏秋冬的衣服，都齊聲說：「穿我！穿我！這樣充滿歡樂的日子，我想好久了，蘿露、赫本、麗莎，穿我！穿我！」

「不用急，都會輪到的，郊遊裝、登山裝、晚禮服、跑步裝、功夫裝、時尚的、過氣的，我們都會穿，不止穿，還穿著舞動曼妙的美姿，也帶著歡笑，流露喜悅的神情。」

整個服裝店喜氣洋洋，笑聲連連，五彩繽紛，樂音盪漾，逐漸的門口堆擠了顧客。

「呀！多美妙的服裝秀。」

「多浪漫的氣氛。」

「那件洋裝我喜歡。」

「那件晚禮服我要訂購。」

赫本、麗莎、夢露三人，把訂單一張張發給蜂擁而至的顧客，讓他們填好了又一一收回，滿臉堆著笑容，有個顧客說：「這家服飾店的貨色很高級，顧店小姐又懂得和氣生財，怪不得生意興隆。」

夢露高興的回應：「對嘛！本來就應該活力生財。」

老闆娘駕著轎車從朋友家的派對回來了，女店員也從沉沉昏睡中醒來了，赫本、夢露、麗莎，還有服裝們都迅速回歸原位，默不作聲。

「妳好厲害呀！才多少時間，顧客訂單這麼一大疊！」

女店員睡眼惺忪的說：「我這是在作夢嗎？」

夢露、赫本、麗莎，一起狂笑說：「活氣生財啊！只要你我都真心誠意、活氣洋溢，一切不就ＯＫ！」

老闆娘似乎聽見了什麼細細的聲音，側著耳朵聆聽。

女店員小聲的對自己說：「真的是夢嗎？」然後盯著夢露、赫本、麗莎，細看！久久想不清楚，到底是怎麼一回事？

回到人間的小精靈

大勇和小玉是一對活潑好奇的小精靈兄妹，有一天大勇說：「妹妹，在原野裡，什麼好山好水、奇花異草、飛禽走獸，連水中的魚蝦，我們統統一起玩耍過，可是對村莊裡的小朋友卻知道得很少，聽說他們是世界上最會玩，最會尋樂的族群呢！我們兄妹倆悄悄下山，找他們玩兒去！」

小玉一聽，嚇了一大跳，緊張的說：「不行！不行！爸爸媽媽不是一再叮嚀：什麼玩意兒都可以試，什麼地方都可以去，只有跟人類打交道，找人類的小孩玩兒，這件事千萬不可！難道你忘了？」

「哪會忘掉！只是我認為──」

「認為怎樣？」

「認為爸媽害怕不必怕的事啊！」

「咦？」小玉瞪大眼睛等待哥哥進一步說明。

「人類的小孩，明顯的特點，就是隨著歲月逐漸長大，逐漸聰明起來。爸媽怕的就是──」

小玉不認同，急性子的她插嘴說：「爸媽哪會怕我們變聰明，是怕變狡猾、變驕傲、變蠻橫啊！小精靈不會長大，永遠保持純潔善良的天性！哥哥，你搞清楚了沒？」

「當然清楚！等哥哥把話說完，妳就懂哥哥的意思了。很久很久以前，小精靈和人類彼此相依偎，是摯友、是好夥伴，彼此發誓真心永不變，可是人類變了，變成無情無義，是因為他們的眼睛發生病變。」

「眼睛病變？」

「變得只看見現實世界，看不見精靈世界。」

「喔！那不是很糟嗎？」

「是啊！從此人類眼中就沒有我們精靈，表面上很聰明，其實很愚蠢。眼睛病了的人類，最愚蠢的是誤以為精靈的奇幻會妨礙理性思考，於是轟轟烈烈發起一陣消滅小精靈的大行動，來勢洶洶，看來非把我們趕盡殺絕不可似的，爸媽擔心的是我們的安全啊！」

兄妹倆說到這兒，不由得幽幽回想起他們族群曾經有過的遭遇，不禁忿忿不平的心跳氣急！

大勇委屈萬分的說：「眼睛病了的人類，想法嚴重偏差，使得我們小精靈失去容身之處，只好到處逃竄，結果對誰都沒好處！」

「是啊！人類的偏見，變成『緊箍咒』，控制他們的思想，無情的拋棄我們這忠實的朋友，最叫我們難以忍受的是人類的大人，以為這維護理性，排斥精靈的工作，要從他們的小孩做起！」

「從小孩做起？人類的小孩不是跟我們最貼近的嗎？那不一切都完啦！千秋萬世，純真善良的友誼，不就消失得無影無蹤！而且人類的小孩，如果沒有我們，不知多麼的寂寞難堪！」

「人類的大人根本不會顧慮小孩的寂寞，更重要的是我們小精靈，也

不是賴著要勉強人家跟你做朋友的，於是浩浩蕩蕩遷離人類的世界，藏身深山叢林或棲息海底，過著隱祕的生活。」

「對！那段逃亡的路途好辛苦！好驚恐！還好，一路上所有花草樹木、流水浮雲，都親切迎接我們。」

「只是我們一心惦念著人類，個個邊走邊回首，看看有沒有顧念舊情的人，悄悄追過來，呼喚我們回頭，盼著！盼著！又盼著！結果是失望！心靈的打擊多麼沉痛！」

「我知道了，就在這時候，有些年紀小小的，滿臉天真的兒童，氣喘吁吁的追了過來，他們個子很小，穿梭濃濃密密的草叢，開始時完全看不見身影。」

「好高興啊！小朋友們真摯的友誼，化解了我們憎恨人類的心結了！」

「對！那時彼此緊緊的擁抱，互相許下諾言，永遠永遠！友情不渝！」

「好令人感動啊！」

「從此，我們小精靈遠遠躲開人類的大人，卻暗地裡悄悄跟人類的小孩保持濃厚的情誼，彼此安慰勉勵，過著快樂的生活。可是人類的小孩沒有自主的權利，一切聽從大人，這就糟了！我們小精靈不是賴著跟人家做朋友的，因此逐漸跟他們遠離。」

「爸媽就是說既然遠離了，過著各自的日子就好了，哥哥為什麼還要找人家的麻煩？」

「才不是找麻煩，是要提醒他們，人類的進步不能只依靠『現實和理性』，也要我們小精靈幫他們『超越現實和理性』，突破進步的瓶頸呢！」

小玉雖然不能完全瞭解哥哥的用意，但好奇又熱情的她，性子超急，拉著哥哥立刻出發，踏上旅程，訪問可愛又天真的孩子們去。

離開蓊鬱陰涼的森林，迎著暖和和的陽光，來到水聲淙淙的河邊，人類居住的村莊就在河的對岸，早聽說人類的孩子很會玩，在河裡，游泳、捉魚蝦、打水仗、載沉載浮，歡聲雷動！在樹林裡，爬樹、捕蟬、摘野果、捉迷藏，精神振奮，笑容滿面。在田園裡，摘花、追蝶、聽鳥啼、望浮雲，每個孩子都踏著幸福的舞步，天使般的歡笑在大地。

可是來到河邊的大勇和小玉卻怎麼都找不到孩子們的身影。

「到底怎麼了？」

「人類的小孩怎麼忽然都不見了？」

「一定是魔性很強，被現實主義的圈套緊緊拴住的大人，把他們拐到哪兒去了！」

大勇和小玉，走進高樓大廈的水泥叢中，東張西望，一路上看見的都是眼神流露魔光的大人，還好！小精靈的隱身術，人類的魔眼是無法識破的。

不久，走到青草綠樹環繞的園地，這裡的房子都是四四方方的，還算相當高挑清爽。

「啊！有啦！孩子的說話聲。」

跑過去一看，果然一群群大大小小的孩子被關在一間間鐵窗教室，奇怪的是愈低年級塊頭愈大，不！是頭部愈大。喔！原來每間教室都有一位長脖子魔法師，念念有詞：「急急如令！變！變！變！叫你們的頭變得小而尖，好專心鑽研現實的樣樣本領，乾乾淨淨忘記迷惑你的小精靈！」

魔法師桌上擱著瓶瓶罐罐，有染色的、潤膚的、洗滌的，還有香水、香精，是用來把孩子打扮得亮亮麗麗的東西，最多的是精緻的「塑腦劑」，是特別用來把孩子的頭塑成小而尖的化合物。

這魔法師也未免太誇張吧！如果沒有小精靈加持，怎能耍出法術！卻又胡扯趕走小精靈，明明是假情假意的假魔法師。

教室外，獼猴一般敏捷的主任在巡邏，發現從鐵窗逃出的孩子就一把抓起來拋回去。大熊般走起路砰砰響的校長呢？忙著搬磚，把校園的圍牆築得更高。

大勇和小玉不經意發現假魔法師的眼鏡掉在地上了，他心一急，腰更直，脖子更僵，眼睛更花，撿不到眼鏡，看不見學生在哭還是在笑，只有盲目噴灑塑腦劑，教室裡霧濛濛一片。

小玉擔心的說：「孩子們這樣下不是很糟嗎！」

當大勇和小玉左思右想，還想不出辦法時，放學時間到了。

孩子們懶懶散散走出牢房似的教室，一輛輛娃娃車載走了他們。

「回家嗎？好像不是。」大勇和小玉好奇的跟蹤。

娃娃車各走各的路，兄妹倆跟定其中一輛，車子停在一家牆上貼滿「第一名」的門口。裡頭胖胖的，胸前掛著圍兜兜的阿姨，笑容滿面的迎接，細看，是胖豬撲滿耶！是巧克力做的呢！

胖豬阿姨笑容可掬的對孩子們說：「功課好，賞你舔一下巧克力糖糖！」

孩子一個個的舔著巧克力，也一個個的掏出錢幣扔進撲滿，臉上看不出任何表情。

兄妹倆很快知道人類的孩子，過的是怎樣的日子了，也知道他們為什麼把過從甚密的好友——小精靈，忘得一乾二淨！

大勇想起了爸爸媽媽時常掛在嘴邊的話：「我們最好的朋友是人類的孩子，因為他們童稚的想像，不同於大人理性的偏見。」

小玉和著說：「我感覺孩子們悵惘的眼神，似乎隱藏著跟我們靈犀相通的熱切盼望呢！」

往日的回憶和濃濃的情誼，使大勇和小玉都說：「我們該怎樣幫他們？」

「回到他們心中。」

「回不去的，除非他們打開心房。」

那一天，大勇和小玉在孩子們被防堵的心靈牆外，尋找機會越牆。忽然，聽見孩子們哀傷的歌聲：

從前，

想像的翅膀會飛翔，
美夢會夜夜來訪，
明日的盼望是那麼殷切！
只因小精靈日日相陪。

從前，
所有的一切都燦爛亮麗！
天空更青，
海洋更藍，
山野更綠，
心頭更快樂！
只因有小精靈相伴。

大勇、小玉聽了，熱淚盈眶，敲著牆唱：

久違的朋友！砰！砰！砰！
你的歌，你的夢，不要停滯，不要丟棄，
我們浴著陽光在敲，
淋著雨在敲，
要在心牆上敲出暢開的通路，
踩著彩虹橋回到你的心房。

不久，心牆裂開一條小小的縫隙，小精靈立刻飛也似的奔進，孩子們展開雙手迎接，他們流著激動的淚，緊緊的相擁抱。

假扮的魔法師眼看那感人的情景，突然脖子變得柔軟了，可以彎下來看見孩子是哭是笑了！獼猴主任笑容可掬的跟孩子交談起來了，大熊校長忙著把高牆拆了，因為牢房變成樂園了！

好久以後，大勇回憶起跟人類重拾舊好的那一幕，無限感慨的說：「小玉，我們應該興高采烈歡呼啊！自從我們回來人間之後，改變最大的是人類的大人啊！以前他們不承認我們的存在，現在卻認為我們構成的奇幻世界，是可以想像的『第二世界』，能夠超越理性的限制，啟發他們的想像力，他們還高興的說，我們引領他們發現理性背後隱藏著更豐富的知識，尤其是顛覆反轉的創意更使他們嘖嘖稱奇！」

小玉點點頭回應：「不但如此，好多大人都說在小精靈的世界裡，人性會更豐富，愛心會更深更濃，所以他們紛紛鼓勵孩子親近我們，相互薰陶。」

「從此人類也好，我們也好，再也不知道什麼是寂寞了！」

「呵呵——呵呵——」兄妹倆銀鈴般的笑聲盪漾在人們心湖，泛起一圈圈漣漪，好美！好溫馨！

小精靈和老巫婆

小精靈的媽媽不叫大精靈，不叫老精靈，也不叫精靈媽媽，她的名字，竟然是「老巫婆」。

再也沒有別的媽媽，像老巫婆那樣的愛她的女兒了，吃的，餐餐美食，穿的、住的，賽過燦爛富貴的小公主。

老巫婆當然很忙，忙中的大忙，是照料小精靈的學習生活，包括趕功課、上才藝班。盼望著小精靈成長為十全十美，人人稱讚豔羨的模範精靈。

小精靈不負媽媽的期望，乖巧好學，成績優良。媽媽總是不斷的鼓勵女兒，要「精益求精，百尺竿頭更進一步。」

當要求嚴格的時候，媽媽的聲音會疾厲而顫抖，臉色會緊繃而發白，眼神會急躁而亮光。

每當媽媽這樣緊張起來，小精靈會暗暗的懷疑，老巫婆可能不是我的親生媽媽吧！要不然情緒怎麼說變就變？沒慈祥、沒耐心，只有扳起的面孔。

有一天，小精靈想悄悄離家出走，不過懷疑歸懷疑，想離家也只歸想而已，小精靈還是在家裡乖乖聽媽媽的話力求上進。

那是小精靈快告別童年的一個日子，為了參加詩歌朗誦比賽，一個人在寧靜的社區花園，來來回回踱著悠然的方步，琅琅吟誦。

疼愛女兒的老巫婆，在屋子裡，輕輕拉開窗簾，看見小精靈小巧輕盈的身影，她感慨萬千，不禁細聲喃喃自語：

小精靈啊！要求妳拋棄童年的幼稚，爭取理性的成長的，明明是我老巫婆，可是不知怎地，說老實話，我喜歡的還是從前的妳，那天真活潑，又淘氣又調皮又喜歡惡作劇的妳。妳成長了，妳學好了，可是我老巫婆的喜悅，卻一滴點兒都沒有增添，這到底是怎麼一回事啊？

老巫婆愈想愈傷心，眼前的小精靈也愈看愈可憐兮兮，真想飛奔過去緊緊的抱住她，好好憐惜一番。可是老巫婆又暗自思量：

小精靈啊！現在的妳，人人稱讚，書法一流，鋼琴一手，繪畫冠軍，朗讀琅琅，速讀驚人，心算神奇！一身才藝無與倫比！可是妳的臉上再也看不見喜滋滋的活氣，也聽不見妳嘴邊響起快樂的盈盈笑聲。

小精靈啊！妳眼瞳裡神氣活現的童稚，怎麼會隨著成長而消失？我懷念的、喜愛的，永遠是妳那時候的模樣啊！難道我對妳成長的要求是反面的壓力？成長應該是妳自己泉湧的自然能量，我揠苗助長，或許也摘掉了妳童稚心芽？

老巫婆無限慈愛的眼神，直盯著小精靈，許久，許久，時間似乎凝固了，再也沒有流動。

當時間之河再度流動時，老巫婆聽見小精靈不再朗誦古詩，而清脆的歌聲竟然是她自己心湖盪漾，而漣漪圈圈擴散的歌：

不知為什麼？
總覺得從前的日子，比起富裕的現在，成熟的年紀，快樂許多！
那時候，媽媽就是媽媽，不是老巫婆。
媽媽從不真正的生氣，如果有，只是裝作生氣而已。
誰會那麼笨！看不出媽媽真的喜歡妳！
喜歡妳的一切，包括調皮、惡作劇。

因為她知道妳並不是從心底壞起。

啊！從前的日子多溫馨！

老巫婆聽了，眼眶紅了，溼潤了，一滴滴的淚順著兩頰，緩緩的流下來，流到嘴邊，老巫婆警覺的發現自己哭了，嚐到了鹹鹹的淚的滋味。不知不覺和著小精靈的歌，也唱出了心聲：

不知為什麼？

總覺得從前的小精靈可愛許多，

現在，她才藝好，品行佳、成績優，

可是好像失去了什麼珍貴的性格，

是純真的童心，不知何謂狡詐的赤子。

啊！怎麼回去從前的日子？

搭時光隧道列車？

還是天邊的彩虹？

其實，小精靈並沒有發出聲音唱歌，只在心湖盪起樂曲的漣漪，老巫婆也沒有琅琅上誦，只在心中的暗室，悄悄的抱著心形的琵琶譜曲。

這一刻，小精靈和老巫婆不約而同，懷念起彼此那曾經擁有過的甜蜜的日子，心心相印吧！母女連心吧！是一種難以言喻的美好的心境。

突然雲端響起低沉的聲音：「我是散達克洛斯，給你們送禮物來的！」

「奇怪？聖誕節還那麼久，聖誕老公公怎會來呢？」小精靈和老巫婆同時發出疑惑聲。

「懷疑是多餘，我是正牌散達克羅斯，不是住在雲端，也不是住在冰天雪地，我的住處正是你的心，人人心裡，都有我的存在。今天我來送的不是什麼物品，而是想打開你們心懷的歌聲。」於是宏亮的歌聲，魔音般悄悄滲入小精靈和老巫婆心湖，像春風般吹起心湖的漣漪。

老巫婆，妳的名字本來是活力精靈媽媽，
只因妳總是想要以女兒為榮，忘了女兒
是獨立的個體。

妳自己一生未完了的理想，寄託在
女兒身上，
於是妳忘了女兒的適性學習，
女兒的性向和專長妳總是視若無睹。

直到有一天，老巫婆恍然大悟，媽媽的理想是歸於媽媽的，並不是女兒嚮往的路，如果灌輸了女兒，媽媽的理想就是女兒該完成的課業，那麼母女縱然心連心，卻只有各奔東西了！

那天小精靈和老巫婆親密對談，像和諧的弦，陽光暖和和的，微風輕巧巧的，柔和的愛撫著她們。小精靈的孺慕、老巫婆的慈愛彼此交融，讓周遭翩翩而舞的蝶，嗡嗡旋繞的蜂，都陶醉在春暉和煦的光景。

冰河，
我們為你
歌舞！

①巨光精靈

如果沒有熱情、善良，卻有一點兒頑皮的光精靈——史潑萊特（spolight）和聰明伶俐，卻相當淘氣的歐羅拉（aurora）兄妹，盡心負責巡守，並且時時發出警訊，地球哪有可能是一顆美麗的藍星，而恆久運行浩瀚宇宙呢！

史潑萊特是天使，歐羅拉是女神，都是奧祕、深遠、神威廣大的宇宙天神派遣來照顧地球的，哥哥史潑萊特在地球外圍，大氣層之外的廣漠空間巡邏，妹妹歐羅拉在南北極守望。

他們為了謹記自己的身分和任務，不住的輪唱悠揚的「天使之歌」，那美妙悅耳的樂音，飄飄然環繞著生氣盎然的藍色星球：

史潑萊特唱：

太陽風、宇宙線——無情的刺客

慈愛的天神吐出一層大氣，保護了地球
還叫我史潑萊特帶著妹妹歐羅拉飛馳巡邏
天使和女神
全時段觀測，隨時發出天語心音
閃亮的光、瞬間的電流，就是顯明的訊息
為的是守護美麗藍星永恆生氣蓬勃

歐羅拉唱：

明明滅滅在太空和地球之間
跨越了心靈和物質的界限
忙忙碌碌接連光子和電子
給大地蓬勃的生命和美麗的彩色
我歐羅拉雖然只是瞬間閃亮，距離人類又遙遠然而我確實存在，千年、萬年、億年……

擔當大地和宇宙的橋梁，也啟發人類智慧的光

史潑萊特天生好奇，時常躲在遙遠的雲霄頂端，露一露調皮的臉，探看五顏六色、繽紛燦爛的人間。

其實，人類比史潑萊特更好奇，三番兩次搭乘太空艙，進駐太空站，攜帶無奇不有的觀測儀器造訪，想盡辦法一睹他的真面目。可是史潑萊特總是躲躲藏藏，明明滅滅，閃閃爍爍，若隱若現，太空人只得使用五萬分之一秒的快速攝影機，捕捉他的身影。

「哇！照到了，好美，好帥，又好酷！」

「想像之外的龐然大物。」

「不愧是『巨光精靈』。」

「可是真夠調皮，隨時都跟我們玩著捉迷藏。」

史潑萊特的孿生妹妹歐羅拉女神，不像哥哥那樣遙遠而高不可攀，可

是以淘氣出了名。她那優美柔和的淺綠色舞衣，在潔白的冰原婆娑起舞，跳躍、迴旋，令人陶醉嚮往！尤其是瞬間變換舞姿，令人目不暇給。有時候她還會突然靠近地面，玩起「誘導電流」的遊戲，雷擊般的爆炸，叫人驚嚇竄逃。

有一次，歐羅拉看見小小玩具般的火車，順著鐵軌駛過來，不經意的衣袖一擺，電流竄進火車，哎呀！不得了，那是行駛雪地，載著很多乘客的列車呢！

史潑萊特眼看淘氣的妹妹闖了禍，不禁嚴肅的告誡：「妳怎麼可以擾亂地上的磁場和電流呢！要牢牢記著天神的囑咐啊！」

歐羅拉慚愧的低下頭，不禁淚涔涔的啜泣。

「知過必改，善莫大焉。不過要耍脾氣，對那些愚蠢的人類來說，算是提醒他們：自己的地球要自己照料吧！淘氣的妹妹，不要難過了！」

「可是萬萬沒想到會害到好多無辜。」歐羅拉十分自責。

「妹妹，妳心地善良，從今起，提高警覺監控大氣層，只要宇宙線和太陽風發生變化，就趕緊把訊息傳給人類，好叫他們知道怎樣為地球上所有生靈的生存空間，盡一份努力！」

「可是那得人類誠心配合才行啊！」

「對！我們趕緊尋找可以跟我們心心相印的人啊！」

② 冰凍英雄

冰凍的北極，聳立著皚皚冰山、雪白的冰原，極目眺望，盡頭是湛藍的海。

海，灑滿棉絮似的，漂浮著亮晶晶的冰塊，藍鯨以優美的泳姿乘風破浪，海鷗更是悠然的成群翱翔。

隨著歐羅拉曼妙的舞影，閃閃的彩光照亮了島上奇異的風光。就在那瞬間，史潑萊特發現一群人，從冰塊堆砌的屋子蹦出，在冰原上手牽手圍成大圈圈，熱情的朝向冰河源頭，祖靈所在的方向，獻上他們豪情萬千的「冰河組曲」，那是多麼令人激賞的冰雪、山嵐、天籟和人聲組合的舞曲啊！史潑萊特不由得跟著手舞足蹈：

祖靈啊！
請挽留蜿蜒的冰河，使她眷戀山谷，一步也不移，
因為她給我們的是生命的活泉，
我們短暫的歲月，需要泉水的滋潤，冰河的陪伴。

冰河上的英雄啊！
您無塵無垢穩坐冰玉寶座，縱然您默默不語，
卻使大地莊嚴潔淨，所有生命都歡喜，
您的眼光照著廣大的土地和海洋，護佑一切平和安詳。

我們獻上虔誠的舞曲，
感念您上山下海，冒險犯難，給我們的愛和溫暖。

雪紛紛的飄，風颼颼的呼喊，
祖靈的慈悲，英雄的仁愛，永遠在我們心海。

豪邁的歌曲是冰原上的族群，代代相傳的共同的記憶，很久很久以前，族裡有位勇士——功可成，眼見族人鎮日在寒風冰雪裡顫抖，於心不忍，發願以他高明的狩獵，勇敢上山下海，為每位族人取得一件保暖的海豹毛衣。

有一次，功可成出獵，在灰濛濛的雪地，突然眼前一亮，兀立著銀髮閃閃隨風飄逸，面色雪白，眼神炯炯的雪女。

「功可成，這些日子來，你獵殺了多少我心愛的寵物？本來你罪該萬死，然而看在你照顧族人給族人溫暖的愛心，我一直不與你計較，但你這一次出獵是多餘的！想想！你的族人不是已經有足夠的毛衣了嗎！」

功可成屈指算算，果然一人一衣，還有庫存呢！今天只是習慣上的出獵吧！於是向雪女道歉：「我願放下弓箭和刀槍，空手而回，妳就不要為難我了！」

雪女說：「不！不是為難，而是任務交代，這也是為你族人好啊！」

「只要是應盡的責任，我絕不推辭。」

「答得爽快，果然是英雄好漢！那我就直說吧！近來山魔抓住地球溫暖化的契機，為了顯示他的威風，招來火龍，想搖身一變成為讓人畏懼的火山，因此紛紛抖落冰雪，害得冰河也在加速流動中逐漸消失。」

「那我要怎樣對付？」

「讓我把你變成冰凍人，坐鎮冰河源頭，直盯山魔，懾住他的野心。」

霎時，一陣冰冷的風襲來，功可成瞬間冰凍，同時隨風翻滾，跌落谷底的冰河。不過動作敏捷的功可成，立即穩住身體，在河面端坐起來，並且直盯著山峰如如不動。雪女眼見目標達成，笑容滿面的揚起潔白的衣裳，領著圍繞身邊的舞團，飄逸的展現極地令人陶醉的雪舞。

冰河堤岸月光格外柔和，英雄功可成握著弓，拉著弦，配合極光閃爍的韻律，為舞團演奏和諧的、悅耳的，耳朵聽得見，和心靈才聽得見的雙重樂曲。

③心心相印

功可成的冰凍，在村落來說是一件何等重大的傷心事！

雪女為了安撫村人，翩翩起舞飛過村落上空，一改往日淒厲的呼嘯，以柔美的聲音說：「族人們，功可成已是冰河的守護神了，你們任何人都不能干擾他，萬一他不安於座，甚至解凍了，就是世界末日的來臨呢！」

冰凍英雄，千年、萬年守護著冰河，島嶼有著冰泉的滋潤，一切平安喜悅。直到有一天上山的獵人驚恐的發現，他們的祖神功可成竟然眼眶紅腫，淚珠滾滾，玉座邊邊的冰在悄悄融解。

「這！這！這怎麼得了啊！世界末日到了！」

獵人驚天動地一喊，喚醒了臥在冰上昏昏欲睡的雪女。

「啊！我雪女愈冷愈是精神煥發，難道是大氣層的碳汙染劇烈加速，地球溫暖化跟著加快了腳步，影響我的健康？」

當雪女睜開眼睛，看見功可成狼狽的模樣，不禁哀嘆：「啊！英雄功可成，如今地球的危機已不在山魔，而在人心腐化，以浪費能源，汙染大地當娛樂，狠心漠視生態環境的惡化，你再也不能沉默坐視！起而行！去制止人類的愚蠢！」雪女振作起疲憊的身體，環繞功可成身旁瘋狂飛舞。

就在這時候，極目眺望天空的功可成，看見從一朵朵霎時盛開的白蓮，奔跳出一群群，看似調皮卻是活潑，似乎是莽撞又是精明的光精靈。他們稚氣可掬又不失斯文，深邃的眼睛，銳利的眼神，功可成一見就喜歡上他們，於是用心語問訊：「你們是誰？哪兒來的？」

「功可成，我是巨光精靈史潑萊特，正在尋找一個人，一個能夠跟天使和女神心心相印，一心一意保護地球的人，那人，就是你！」

「喔！是我！」

功可成立刻領會史潑萊特的心意，原先動彈不得的他，乘著雪女捲起的旋風，一鼓作氣，奮力衝上天，瞬間化作千千萬萬的靈光。

功可成的鄉人，眼見那靈光驚天動地，融入史潑萊特和歐羅拉的懷抱裡頭，一起發光、發亮的光景，起初驚恐萬分，可是當那光照亮人心，使人人陶陶然智慧門頓開，腦子裡閃耀著美麗得令人屏息的地球影像，寶石般的藍色海洋，綠樹、棕山，朵朵白雲漂浮其上，皚皚冰帽覆蓋極地兩端，光燦的冰河，如如不動蜿蜒在冰原。然而那微妙可愛的生態，一遇大氣層的碳汙染，臭氧層的破洞擴大，立即蒙上層層灰暗！

「啊！那靈光，告訴我們地球的溫暖化，將帶來冰河的消失，生態的浩劫，使人類的生存發生巨變！災難！」

「對！自己的地球只有自己救！」

「我們且手牽手，心連心，載歌載舞，更熱情，更虔誠的傳達祖靈的叮嚀，靈光的呼喚和天語心音吧！」

「冰河！冰河！你是地球生態的指標，我們為你歌舞！我們為你祝福！」

高歌狂舞的每個人，都深切感覺，自己就是冰河英雄——祖靈功可成的分身，而且跟史潑萊特、歐羅拉心心相印呢！

捷足先登
小螞蟻

雷光神龍號太空船，安穩的停泊在寸草不生的火山岩荒漠，然而它那雄壯奇偉的英姿，仍然亮麗的迎著陽光閃閃發亮。

離船身不遠是一整排半圓形覆蓋的，白皚皚的房屋，屋裡居住正在接受長征火星，探知火星虛實，為人類登陸月球後，進一步登陸火星，甚至登陸其他外星球，覓得新星居住的「太空人」。

科學家以為這荒漠沒有任何生物存在的跡象，跟火星的土質環境類似，是最佳訓練基地，可是人們萬萬沒想到，這裡竟然是不怕荒涼、不怕乾旱、不怕寒暑的螞蟻一族，早就悄悄占有的棲息地。當太空人侵入了，牠們更加小心翼翼，東藏西藏不露行跡，卻暗中探查人類來此的目的，當牠們大抵了解之後，卻按捺不住內心的興奮，突然欣喜的雀躍歡呼！還好，牠們習慣交頭接耳細語，甚至是沒聲音的暗語，笨頭笨腦的人類怎能察覺呢！

「啊！我們也乘機跟著人類的腳步，到外星球拓展領土去！或許我們可能還會早一步取得螞蟻國的土地呢！」於是牠們一起暗中接受訓練課程，不！是暗地裡取經於人類，企圖搶先成為「太空蟻」，悄悄占領太空船，探險火星去！小螞蟻們想：「我們只要小小的隱密的空間就夠了，不但不會被發現，還會暗中利用人類當奴僕！」

從此螞蟻找上最中央，卻最不起眼的機械空隙，營造牠們的太空署火星之旅研究和指揮中心。牠們分工合作，分組觀察，集中智慧探討問題。不管是食物、衣著、保護罩、睡床、盥洗，只要是往火星必要適應的事項，無不一一研習，不但與太空人同步進行，更處心積慮超越他們。

聰明的螞蟻，很快發現一個非常不尋常的問題，太空人訓練的是如何製造火星飲食？如何以太空衣和面罩保護身體？如何以器具在火星上工作？換句話說人類還是人類，改變的是人體以外的器材、食品。這不是很正常的程序嗎？螞蟻到底想著什麼問題呢？

牠們突如其來的奇想是改變自己，使地球蟻不再是地球蟻，從基因改變起成為完全能在火星生存的「火星蟻」！這是多麼迥異於人類的想法啊！

自古以來，螞蟻就是以堅持信念和不顧一切奉行信念，而得以有效繁衍族群的生物，只要牠們認為可行，就群策群力，赴湯蹈火，拋頭顱灑熱血，努力以赴，因此螞蟻一族不缺乏不成功便成仁的「敢死隊」。隱藏太空船的螞蟻，日復一日，從DNA徹底的改變，竟然有一群名符其實的「火星蟻」，無聲無息的誕生在太空艙裡了！

期待的出航日來臨了，一路順風，不！一路順空，超光速的太空船，終於環繞火星微薄的大氣層，尋找降落的地點了，不一會兒，太空船順利停泊荒涼的火山岩上，果然跟地球的訓練基地景觀差不了多少。

太空人興奮的踏上火星的土地，手持探知器，細心的觀察腳踏的每一寸土地。走在前頭的隊長突然大聲驚叫：「呀！你看，火星原來就有螞蟻啊！」三五個人圍觀細查，不錯！是活生生的火星蟻，於是所有隊員為了查看清楚，開始分頭尋找螞蟻的巢穴在哪裡？

地毯似的搜索，翻遍了周遭土地、岩縫、洞洞，怎麼也找不出螞蟻穴的任何痕跡。正當大家又疲累又失望的時候，有個隊員說：「何不跟蹤已發現的螞蟻，依圖索驥，必定功成！」

找到了！火星蟻的巢穴，竟然是

在太空艙機械房的縫隙裡。這一發現太令人驚奇了！紛紛質疑，火星蟻是怎麼來的？於是透過通訊系統把信息和資料，傳回地球太空署，經一群頂尖的生

物學家聚精會神查對，證實火星蟻的DNA跟地球蟻基本上相同，換句話說火星蟻就是地球蟻的演化，所謂火星蟻根本就是跟隨太空船捷足先登踏上火星的！

這一發覺更震驚了所有地球人，原先人們以為基因改造只操在人類手上，現在卻發現螞蟻也可以自我進行基因改造，這是象徵著什麼意義呢？人類陷入深層的思慮，久久不得完全心安的結論。

從此人類對「基因改造」更謹慎小心，同時對一切生命更謙卑，更虛心、更接納。縱使要移居外星球，也要像「諾亞方舟」那樣，把地球上相處億萬年的伴侶，一起帶走，一起尋找新天新地，一起營造新的樂園啊！

發現天堂星

①神奇的泥小仙

二十三世紀，人類最偉大的發現就是找到「天堂星」。當那金黃裡閃耀著珠光寶氣的星球，在距離地球十萬光年的銀河邊際，由超光速宇宙巡航艦，以清晰的影像傳回來時，全地球一片狂歡。

航艦不斷的傳回進一步的訊息。

「喔！遍地黃金，樹上結滿珠玉、瑪瑙、琉璃、瓔珞，花草綻放著翠玉、水晶、珊瑚、明珠。山巍峨、水碧藍，風光旖旎，美不勝收！這不就是天堂？」

「絕對是天堂！我們夢寐以求的天堂，竟然由人類的高科技，在我們這一代發現了！」

「準備移民吧！天堂才是理想的家園。」

「對！拋棄地球吧！像脫掉襤褸不堪的老舊外套。」

「像搬新家，離開水淹土埋的地方！」

「爛地球、醜地球、臭地球、鬼地球，拋棄它！」

二十三世紀，地球簡直是「水深火熱」，逃離是全人類共同的心願。在沸沸騰騰的移民聲中，不論洋之東西，地球之南北，紛紛傾全力建造超光速宇宙航艦，也研發「宇宙間隙穿透機」。

如果你搭乘航艦到天堂星，所花時間半年，但利用穿透機，可以先把自己的身軀化為分子，瞬息之間穿透宇宙間隙到達目的地，時間可縮短為三天。不過這項科技未經安全檢驗，專家建議必須慎重。

第一艘開往天堂星的豪華郵輪諾亞號，在全人類的祝福和期待中升空，搭乘的是各門學問的頂尖專家，各行各業的名家高手，企圖徹底的、完善的觀察研究新星，達到萬全的地步，才真正遷移一般住民。

先遣部隊調查天堂星的報告陸陸續續傳回地球，令人洩氣的是「美食學」專家們，找不到料理的鮮果、菜蔬、海味、山珍，這裡有的是吸取金銀珠玉精氣的兆年樹、萬年草，看起來光彩璀璨，卻不鮮不嫩，因此動物難以生存，只有深藏水淵的萬年龜和棲息山林的千年蟲。

不過地球人並不輕易放棄，他們深信憑著先進的科技，一定能夠改善天堂星的地質，使得土壤肥美，草木欣欣，成為美食充滿的真正天堂，尤其是福爾摩沙的農業改良專家更是摩拳擦掌。

可是先遣部隊攜帶的糧食有限，當地又無法生產，只好蒐集各項標本回來地球做進一步的分析研究。

「唉！何時能把天堂星改造？」

「雖然不可預期，但這是人類最後的盼望，絕不可放棄！」

不管哪一部門的專家學者，都抱著必勝的信念夜以繼日的忙碌，最高學術機構全球聯合研究院日夜燈火通明，院外人群聚集，翹首期待好消息。

有一天，從空曠的郊外，傳來孩童充滿稚氣的呼喊：「我們找到了！找到改造天堂星的祕方了！」

「什麼祕方？童言童語！」

「胡鬧！乳臭未乾的小子！」

「攪什麼局？好好的給訓斥一番！」

「童言無忌，算了吧！」

孩童成為咻咻眾矢之的，他們不知眾怒難犯，歡天喜地一路高聲呼喊：「泥小仙！泥小仙！改造天堂的大仙！」

當眾人紛紛指責孩童，害得他們不知所措時，研究院的門開了，院長率同院士們快步出來回應：「對！好個泥小仙！」

泥小仙，很久以前發現的微生物，以岩石為食，排泄成泥，有益地球製造土壤，人們一向忽視泥小仙，那群孩童卻悄悄培養，最近的實驗證明泥小仙什麼礦物都吃，包括金銀珠玉。

院長和院士們早已注意微生物隱藏的作用，一聽孩子們的呼喊，立即恍然大悟，於是翹起大拇指迎接孩童說：「我們該向你們學習！你們天真的建議，開啟了改造天堂星的門扉。」

有人質疑：「哪裡找來足夠的泥小仙？」

孩童們齊聲回答：「我們的實驗室足夠應付！」

天堂星成了泥小仙的天堂，他們專門化金銀珠玉為腐朽，再神奇的把腐朽化為土壤。大哉！泥小仙！人類盼望寄託所在！

②新天新地新功課

泥小仙改造天堂星希望在眼前，天真的孩童們可忙翻了，因為下一波乘坐諾亞號前往天堂星的物種，必須經過一番新課程的學習，才能適應新環境。

身負重任的泥小仙，在孩童們依依不捨的叮嚀，群眾熱切的盼望中，搭乘宇宙郵輪抵達天堂星。

本來人們希望計畫趕緊實現，紛紛要求太空署，使用「宇宙間隙穿透機」，盡快把泥小仙送上新星。可是孩童們哪肯這種輕率的行動，堅決主張：「泥小仙應該受到等同人類的待遇。」

署長點頭說：「對！眾生平等，我接受！」研究院也支持這種看法，院長更進一步說：「改造天堂星的祕訣由孩童們發現，計畫也該由孩童們執行。」

培養泥小仙的孩子們，在他們的大哥哥明哲帶頭下，興奮的歡唱「愛與和平之歌」：

天堂星是愛與關懷的星星，
在那兒，豺狼和綿羊和平相處，
豹子、小羊、小牛、小熊，都一起躺臥，
小牛和幼獅、母牛和母熊，也一起吃喝，
獅子、老虎像牛羊一樣吃草，
嬰兒跟毒蛇，嬉戲玩耍，快樂共舞。

大人們聽了，有的歡欣鼓舞擊掌叫好，有的愁容滿面，憂心忡忡的說：「那將是何等荒謬的世界啊！」

明哲理直氣壯的說：「這是我們的理想，一點兒都不誇張、不虛假、不荒謬，我們將把新星建設為和平的世界，沒有殘暴的獵殺、沒有惡意的對立，只有愛、和平、關懷！」

「動物世界的天敵，是千古萬世天神安排的食物鏈、是生態平衡的要件，豈可由你們油嘴滑舌，信口開河！隨便要變就能變？」

「黃口孺子，膽敢冒犯天神，說話要有依據啊！」

明哲慷慨激昂回答：「依據，有！是大家熟悉的一位不失赤子之心的先知早就說過的，他住在勝京市以賽亞街十一號，他的手機號碼是0000006789，免費的，不相信打去問問看。」

支持孩童的院長肯定的說：「明哲說得不錯，先知說得清清楚楚，而且也明白提示，這件事該由孩童們掌管推動，因為只有赤子之心才能構想那樣的奇天異想！」

「太陽從西邊出來了嗎？是什麼奇天異想？而且由孩童掌管！」

「絕對正確！因為大人不但汙染了大地，也汙染了自己的心靈，成見深，眼光淺，不足以成事，唯有孩童的純真改造得了天堂星，是先知明說的。」

孩童們的方案獲得科學家、哲學家、宗教家的支持，於是天堂星上泥小仙們在柔和的音樂裡咀嚼堅硬的岩石，化為鬆軟的壤土，令人驚奇的是泥小仙有自動複製、合併的能力，數量隨著需要增減，始終保持最佳狀態。

沃土形成了，東一塊、西一片、南一隅、北一處，荷著鋤、扛著犁的農人來了，搭乘宇宙郵輪從地球來的一家家人。

「看吧！土地肥沃，森林幽靜，溪水湛藍，山峰金碧輝煌。」

「我們享用美地，而那金銀珠寶都獻給天神！」

「對！金銀珠寶歸天神管理，我們懷著嚮往的心永遠仰望就好！」

農夫們把行李卸下，向聖山詢問：「在這裡耕耘播種好嗎？」

「好！」回音很響亮。

「森林樹木過密，間隔著砍伐一些築屋好嗎？」

「好！」一樣響亮。

東家、西家、南莊、北屯，新移民成家立業。

有一天，南莊忽然傳出驚慌的呼喊：「我家孩兒失蹤了！請幫忙找找啊！」

東西南北的農人紛紛趕向森林，撥開草叢，處處尋找。

咿呀！咿呀！咿呀喔！
林子裡的野花多美麗喲！
樹上結的果子多甜蜜喲！
河上吹的風兒多舒爽喲！
孩子和野狼玩得多快活喲！
咿呀！咿呀！咿呀喔！

孩子和野狼圍著圈圈攜手共舞，黑熊、獼猴來參與，小鳥樹上囀啼、魚兒池上畫漣漪，那是多麼溫馨平和的光景。

就在農人驚喜交加的當兒，天空金光一閃，一艘流線型的郵輪著陸，那是技術研發已臻完美的「宇宙間隙穿梭機」，明哲和他的團隊陸續走下船橋。

農人、孩童、野狼、黑熊、獼猴、小鳥，一起迎向前，盈盈的笑容，洋溢著擁抱新天新地的歡喜。

然而孩童們的赤子心很清楚的感應：天堂星雖充滿快樂，但金銀珠寶的誘惑，仍然會使人心產生變化，因此人們還得繼續尋找「淨土星」，只有那兒才能讓眾生永遠安心居住。

太空小記者雅雅——月下老人採訪記

大地母親，您的生命，蓬勃壯盛，美麗璀璨！
一切小生命，無不孺慕投懷，浸潤您的溫馨仁慈，
大地母親，我們看見您身上的山岳河川，海洋浪濤，壯闊雄偉！
草木花卉，鳥蟲走獸，精巧奧妙！
您甜蜜的乳汁任誰都可以吸吮，您豐富的寶藏也任人挖掘，
您寬厚，您無私，
可是，粗心大意的我們，
卻看不見您——母親，容貌憔悴！

太空小記者雅雅，全副遠行探險裝備，以輕盈的腳步，哼著人人耳熟能詳的流行歌曲，邁向奇幻的山區，探訪曾經紅極一時的傳奇人物「月下老人」，一心想創下令人驚奇的獨家報導。

①月下老人工作坊

來到喜滿天涯的山麓，還要涉水渡過戀戀愛河，洗濯雙腳，才能踏上彎彎彩虹橋，一步一步靠近花海裡，百鳥囀啼，雲霞繚繞的奇境神祕村，造訪「月下老人工作坊」。

站在門前，一時花精靈、鳥精靈、蜂精靈、蝶精靈，飛著、舞著，藍天的彩雲也揮舞霓虹羽衣裳的長袖，熱烈歡迎雅雅的到來，多莊嚴美麗的工作坊！

「哪個媒體的記者？自從天帝叫我做這種人間第一等事以來，都是我主動牽紅線，後來變了，不但被動，還要公開面對無孔不入的媒體，最近變化幅度更大，主動權轉移當事人，我只好退居幕後，暗中牽線，難道你是個考古記者！哼著現代流行歌曲，採訪過氣人物！」

聽著沙啞卻滔滔不絕的話語，小記者雅雅緊抱相機、扶一扶霓彩眼鏡、甩一甩披肩長髮，大踏步進門去，她才不在乎月下老人過氣不過氣，理想的堅持才要緊！

「呀！怎麼這樣！」相較於屋外的優雅華麗猶如婚禮會場，工作坊真是亂得嚇死人耶！滿屋堆積如山的信件、明信片，還有響不停的電話、手機。

老人撩著銀白的鬍鬚自言自語：「沒一件正經事！不是投訴就是抗議，煩死了！給電腦應付算了！我要歇一會兒，喘口氣了！累死可沒人同情呢！」

老人伸伸懶腰，打個大哈欠，不甩雅雅，自個兒望著窗外風光。不一會兒，突然想起了什麼似的，又驚又喜的說：「嗨嗨！小記者，過來！告訴妳一件重要的姻緣，非比尋常！得由我親自手工打造，細心牽線不可啊！」

到底是誰的姻緣，吸引工作厭煩症候群的老人如此關心？如此堅持工作下去呢？

其實自從開天闢地以來，月下老人就快樂的，勤奮的做他份內的工作，為天下有情人緊緊的繫住紅線，而終成眷屬。縱使世界人口快速增加，月下老人的工作量暴增，使他白髮蒼蒼，勞累不堪，可是他心裡還是頂快樂的。

不過近世紀以來，月下老人卻感到萬分迷惑，不知怎樣配對？怎樣牽線？因為愈來愈多人把婚姻當兒戲，縱然是「有情人」，也禁不起考驗，變化多端，害得月下老人聽著埋怨聲，越來越沒有成就感，對這種做也不是，不做更不是的工作，已是厭煩之至。雪上加霜的是，二十三世紀的今日，奇異的「太空曆」又給月下老人添加無謂的困擾。

那麼到底有怎樣的姻緣，讓老人突然精神奕奕、眼睛發亮、情緒爽朗了起來呢？

原來人人仰慕的太空英雄將要回航的消息，特別引起老人注目，正暗中觀察他的感情時，恰巧雅雅出現，望著窗外的老人，一轉念，不禁笑逐顏開的說：「妳叫什麼大記者？告訴妳了不起的新聞！」

老人手握滑鼠，在電腦螢幕點出畫面，雅雅的媒體朋友嬌嬌主播，正用嬌美的語調報導：「當代最了不起的太空人張傑，他是張騫的一百一十三代子孫，也是前一位偉大探險家張明的兒子，虎父虎子，現在他又實踐全人類

交託的重要任務，從遙遠的太空載譽歸來了。」

這是全地球村的頭條新聞，每個媒體都大加渲染，說人類已經快找到一個可以遷移的行星了，雖然多次落空，張傑究竟還是人們希望所繫，怎不萬人空巷，熱烈迎接，掌聲不斷呢！

不過事情雖然重大，卻並不新鮮，更難構成獨家新聞。雅雅認為老人的話題老掉了牙，興致缺缺！可是細細端詳，老人確是一副正經模樣，他說：

「妳嗅出來了嗎？張傑心中隱藏著別人感受不

到的莫大的煩惱。」

「會嗎？那麼亮麗的人生！活在掌聲裡，煩惱什麼？」

「嗯！妳的新聞嗅覺出問題了！還感覺不出來嗎？」

「算你厲害，快告訴我呀！」

老人慢條斯理的說：「這或許是太空人世家的宿命吧！張傑很想擺脫，卻怎樣都甩不了。張傑有位心愛的女朋友，他們談得來，父母更希望他們早日成親，尤其媽媽更是好想抱孫呢！張傑是孝順的孩子，況且他又是多麼的朝思暮想著她呀！」說到這裡老人停下來端起杯子喝水潤潤喉嚨。

雅雅本來還期待老人會有出乎意料的驚爆，原來只是平常的兒女私事，也就淡淡的回應：「這我都嗅出來，報導過了。」

老人定睛看著雅雅說：「其實妳嗅得太淺薄，怪不得搞不出轟動的獨家。」

雅雅有些生氣，豎起眉毛說：「不要看我年資淺淺！是著名太空媒體的奇境特派員喔！」

「閒話少說！仔細聽著！當張傑萬般誠懇的向呂綾求婚時，竟然遭受委婉的拒絕，她說：『我們永遠當相知相惜的朋友就好了，婚姻對我們來說，不是有前車之鑑嗎！』」

「什麼前車之鑑？前所未聞！」雅雅慌忙趨身向前，迫不及待的問。

老人哈哈大笑說：「妳的新聞觸角終於活起來了！不急！不急！慢慢聽我道來——」

②奇異的曆差

地球母親，
您乳汁乾枯，氣息奄奄，命如懸絲，
您的子民準備棄您而去，尋找生命新星——

「阿傑的祖先都以探險為志業，向異地探索，向極地挑戰，上山下海在所不辭。到了張明更是那個時代最傑出的太空人，有一次非常重大的任務落在身上——駕駛新發明超光速太空船，尋找人類可遷移的生命新星，張明雖興奮卻也充滿著恐懼和矛盾呢！」

「您說的張明，是不是阿傑的父親？」

「說對了！算妳聰明！太空人青春永駐，一般人都以為他們長生不老，所以搞不清楚他們誰是誰的父親或兒子呢！」

「說的也是！」雅雅也有同樣的感受。

老人繼續說：「張明和美麗的李婷是一對令人羨慕的情侶，張明是智勇雙全的太空英雄，李婷是太空資訊專家，張明突如其來的緊急命令，要他立刻整裝出發。這一趟旅行太空曆一百天，地球曆卻是漫長的二十年啊！本來張明每次出任務，李婷都是隨行的好助理，可是這次總部考慮地上的資訊組非由第一高手李婷掌控不可。唉！這可真為難了熱戀中的情侶，一時的分離是沒什麼的，可是問題出在太空曆和地球曆的「曆差」竟是那麼的懸殊，一百個日子後回來的張明，仍然是三十而立的黃金年華，而李婷呢！雖然時時刻刻跟戀人保持聯繫，也可以互訴衷情，可是再相會時已是半百老嫗，這在李婷將情何以堪！」

月下老人演著獨角戲，比手畫腳，滔滔不絕，雅雅聽得入神。

「李婷依偎在張明身邊說：『難道你完成任務回來時，還願跟老處女的我結成連理？』

「『小婷！難道妳不相信我？我的老祖先張騫，當年還不是奉旨探險幾十年，遠遊西域，甚至天河，可是夫妻情愛永不改變啊！難道我就沒有祖先堅貞的風骨！』

「張明的話使李婷放下了心，她想：『在這太空時代，人們必須穿梭時光隧道，也就需要太陽一般永恆的愛啊！』

「張明遨遊太空，不時透過超雷達螢幕，眺望美麗的水藍色地球，回憶著跟李婷相處的每一情景每一句話語，感嘆著這二十年，在太空是短暫單調的一百天，在地上卻是那麼多采多姿，社會的一切改頭換面，人的心靈更是經過一番激烈的衝擊和轉變！從太空船遙望晶瑩剔透的鄉土，張明怎麼不感慨萬千，更擔心著回地球後和李婷彼此的生活經驗，出了那麼大的溝渠，要怎樣彌補呢！

「二十年地球曆過去了，太空中心舉行盛大的儀式，歡迎張明駕著超光速太空船還航，在場歡迎的女主角正是張明心心念念的李婷，還好，並沒有升上阿嬤級，她雖不是青春永駐，確實也沒變老多少，因為人類突飛猛進的科技，已經提供了人們健康長壽和美容的祕訣，表面上似乎解決了太空時代「曆差」的困擾。可是張明和李婷在一起，卻感覺到二十年生活經驗的差異，產生的是許多話題兜不攏的「笑話」呢！唉！奇異的「曆差」，要怎樣消除？尤其在夫妻之間？竟然成了經驗懸殊和心理適應的困擾，妳說這問題該如何解決？」

月下老人笑問雅雅，女神童雅雅雖然是特派記者，對大人世界還是一知半解，哪能回答！不過月下老人似乎胸有成竹。

「張傑知道呂綾說的是他父母親的事情，『曆差』造成的容貌落差並不是問題，可是一個是只經過一百個日子旅程回來的張明，一個卻是歷經二十載滄桑的李婷，這樣生活經驗變得非常懸殊的兩人聚在一起，觀念和思想卻阻礙了他們的交談和溝通，這該怎樣處理？」

「難題！難題！」神童雅雅聰明的腦袋，遇到這樣錯綜複雜的事，也理不出頭緒，只有跟著搖頭嘆氣！

③心靈經驗同步感應機

偉大的太空英雄遭遇愛情難題，

充滿愛心的月下老人，

怎忍心英雄美人被曆差折磨心碎！——

月下老人對地球幻境來訪的雅雅說：「我一向仁慈為懷，怎能忍心看著張傑的痛苦延續下去呢！我深深檢討自己牽的紅線，是不是應該隨著時代而改進了呢？要不然我這月下老人尊貴的寶座，怎能心安的穩坐下去？」

「經過我深入的觀察，完全了解了張傑的心路歷程。他從小就志願翱翔太空，被譽為太空達人，十六歲成為全球最年輕的太空人，一切掌聲、喝采、讚美的言詞，憧憬的眼神都朝著他而來。可是不久張傑就發覺這世界上，得與失也是相隨而來的。他得了榮譽，也因「曆差」而永保青春，可是他卻失去了跟家人、朋友，還有地上的社會經歷同樣的生活，獲得同樣的心靈衝擊和智慧的成長，於是『太空達人』卻逐漸的淪為『地球經驗白痴』了。」

雅雅緊急插嘴：「這要怎麼辦呢？呂綾是何等聰慧而理性的女孩子！她怎麼願懷著豐富的人生經驗，而與『地球經驗白痴』相廝守！」

「為了解決問題我日夜苦思，就在雅雅妳造訪時，突然靈機一點通，有辦法了！」

「嗯！怪不得您大聲歡呼！」

「是呀！有了！我到底還不痴呆！竟然想到創意一百的好辦法呢！用心製造一部『心靈經驗同步感應機』不就得了！」

月下老人知道他從前使用的「紅線」只能緊緊綁住有情人的「姻緣」，天涯海角一線牽，姻緣不斷也不散，終成眷屬。可是現代人這樣還不夠，有情人還要有相知相惜的心意和思想觀念作為愛情的基石，才能在理性的喜悅中相處一生啊！

月下老人肯定的說：「我構思的『心靈經驗同步感應機』就是讓太空人和地上的人，透過超光電的作用，同步感應人生的甘苦憂喜而智慧成長啊！這機器必須先蒐集、篩選地上的人生百態，把精華傳送給太空人，同時也把太空和地球的曆差融化，彼此沒有時間的落差，地上的人等於天上的人，同享青春永駐的幸福。」

想定了的月下老人，請求雅雅協力合作，把構思呈現電腦網路，徵求到了天下第一工匠，魯班祖師爺的真傳後人魯思博士，完成了「同步機」的製作。

雅雅不虛此行，不但採訪到精采的第一手新聞資料，更協助月下老人立下太空史上光輝的一頁，她立刻把消息傳送好友主播嬌嬌，向全世界發布令人驚喜的消息：

太空英雄張傑此次百日旅程不同往常，他經歷銀河星雲浩瀚宇宙，有時彗星如雨，漆黑一片，有時恆星光亮，形形色色的星球，泛著紅彩，散發著銀光，千奇百怪，美不勝收，有時卻險境叢生，驚心動魄。超光速時代的太空人經驗的是何等的新奇啊！當然透過超電光傳送，張傑和所有太空人的驚奇，都跟地上的人同步享受。

張傑跟呂綾驗證魯思製作的「同步機」，果然效果百分之一百，當張傑率領的探險隊回航，地球基地又是一陣鼓舞歡騰，張傑出現在船橋了，迎面衝過來獻花的不是別人，是一路在「同步機」裡形影相隨的呂綾啊！月下老人透過天上的彩虹，在一對戀人身上灑下絲絲飄揚的紅線，是綁住姻緣，也靈犀相通的紅線。

雅雅詳細記下當時的情景，最後感慨萬千的說：「人世間脈脈川流的情意和悄悄穿梭的靈氣，才是生命的珍寶，而月下老人就在做那珍寶的串連！」

④花仙子相見歡

愛花的月下老人，忙在同步機的操舵，也忙中偷閒，牽著花仙子們的紅線，竟然拾回了失落已久的成就感，相見歡，多美麗的情境！

月下老人愛美、重情，那是家喻戶曉的事，這情懷就具體表現在愛花的行動上，雅雅非常欣賞月下老人工作坊四周那美豔絢爛的花海，陣陣芳香旋繞著屋宇，玫瑰、石榴、扶桑、玉蘭、桂花、茶花、天堂鳥，還有石竹、海棠、水仙、蓮花，說也說不完，一年四季交替開花。

月下老人一心想讓花兒更美更健康，所以在花粉的媒介配合，以及插枝、接枝等基因的組合改良，都像為天下有情人牽紅線般，精密的用心配對，果然每一種花都容光煥發，嬌豔誘人，香氣撲鼻。因此雅雅除了太空新聞外，最想報導的就是隱藏在奇異幻境的喜滿天涯山的花海啊！

那是一個星光閃爍，涼風輕拂的夜晚，月下老人從工作坊走出花圃，放鬆一下緊繃的心。

「呀！好香的桂花，是仙子的銀白小耳墜吧，好可愛喔！」老人靠近了桂花叢，輕吻著朵朵小花。

忽然花叢裡傳出悉索悉索，又輕巧又細微的聲音：「月下爺爺！好高興喔！你終於說我們是仙子了！」

老人沒聽清楚，一陣驚慌，東張西望說：「是誰？不要躲藏！這是我私人祕密花園，沒經過允許不得擅自侵入！」

「敬愛的月下爺爺，不要那麼凶好不好！我們原來就住在這裡的，怎麼說是擅自侵入！」花叢裡走出了個嬌小可愛的女孩，穿著深綠碎花衣裳，質樸優雅。

「妳是誰？」老人驚訝的瞪大眼睛。

「我是桂花呀！」

「桂花？」

「是的！我是桂花的精靈。」

「精靈？我知道花草樹木、山岳江海都有精靈，不過他們都若隱若現，彼此只是心靈感應，這樣大喇喇的清楚顯現還是頭一遭！」老人格外興奮，笑容滿面的繼續說：「幸會！幸會！好可愛的花仙子！」

桂花雀躍歡欣，興奮的連忙招呼庭園所有仙子姊妹說：「快來見月下爺爺喔！不必再躲躲藏藏了！」

叢叢花卉裡蹦出一個個衣裳、彩色、姿態都不同的小姑娘，她們活潑快樂的展現優美的舞姿，往老人身邊飄過來。

玫瑰花仙子說：「我本來花季短暫，身體孱弱，一陣雨就花容失色，謝謝月下爺爺的配對改造，使我花開長久，遇雨不謝，健康又美麗！」

玉蘭花仙子不住的散放花香說：「本來我長得高傲而招風，時常葉落枝斷慘不忍睹，謝謝爺爺接枝改良體質，如今玉樹臨風，高雅無比，花俏而香濃，迷煞了多少愛花人！」

蓮花精靈說：「月下爺爺，你不愧是天下第一愛蓮人，我們姊妹虧你一一認得，而且施展你調配的法寶，使我們花開滿地球，美化世界，淨化心靈。」

說到「心靈」，月下老人一怔！他清楚的發現這世界上有許多東西必須用心靈才看得見啊！他說：「好感謝喔！妳們現出身影，使我真切體會心靈世界的美妙和奇特！從今以後，我更喜歡為妳們辛勞為妳們操心！」

「哇賽！好極了！我們敬愛的月下爺爺！」花仙子們蜂湧而上敬重的給老人獻吻，然後又舞著跳著回花叢去，夜花園又恢復原先的寂靜。

月下老人自言自語：「唉！我過去的生命和忙碌，是不是都浪費在不領情的人類身上啊！謝謝可愛的花仙子們，讓我發現不僅是人類，天下眾生、花草樹木，都要我月下老人用心牽線，永浴愛河啊！」

雅雅聽著月下老人娓娓道來，發覺原來「心靈境界」比起「虛擬實境」或「奇幻世界」，都要來得深邃豐饒，甚至可以說包括著一切，值得徜徉遨遊，盡情品味啊！

⑤花仙子太空站

生命新星何處覓？

太空人啊！

你，切莫憑著青春永駐而蹉跎，

因為，地球母親已是風燭殘年！

雅雅的採訪除了月下老人之外，張傑更是重要對象，果然有了新發現：

地球人視張傑為天人，有了魯思的航空具開發改良後，他率領的太空艦隊可說如虎添翼，無遠弗屆，可是達成尋找生命新星的任務卻仍然遙遙無期。

太空中心會議席上，包括張傑在內的幹部們緊急的會商著：「生命新星何處覓？這幾個世紀，我們已經探索了能力所及的太空，還是一無所獲，或許我們該突破『黑洞』到另一個宇宙去找吧！」

「黑洞？所有的星球不是都被它強大的力量吸引著，逐一的奔向那吞沒一切的洞中去，化為微塵，終究是虛空烏有嗎！突破它不就是奔向毀滅？」

「只要有推進力夠強的太空艦，一定可以向黑洞挑戰，這一關不闖，之前的努力不都白費了嗎！何況黑洞並不是完全黑暗，洞裡透著微妙的彩光，值得我們冒險探究，沒有夢魘就沒有夢想，沒有危險就沒有奇蹟啊！」張傑的口氣很堅決。

「對！我們的宇宙，難道不是也在一個龐大的黑洞裡嗎！不要把黑洞視同毀滅的地獄。」魯思肯定的語氣使會議很快取得共識：向黑洞挑戰！直到尋著「生命新星」！

為了給張傑有充裕的時間觀測黑洞，魯思竭盡心力創造續航力更強，推進力更大，越飛越遠越快的船艦，可是物料的補給是個大問題，魯思再三思考研究，經過一番沙盤推演，答案是必須設置「太空中途站」。

張傑細心探查，找到距離地球二十光年的「沒沒小行星」，這裡沒有生物，沒有江河海洋，體積只有地球的百分之一，張傑向魯思說：「它雖然不是生命新星，卻有濛濛霧氣和吉祥恆星亮麗的明光，足以設置臨時性的太空站吧！」

魯思擔心的說：「我們的科技能夠在沒沒行星進行凝霧為水，聚水成河，攝取明光，可是能在短期內培養出適應那兒的植物品種嗎？」

會議席上又是一陣沉默。

不一會兒，張傑忽然開口：「對！太空小記者雅雅探訪月下老人，發現他老人家自從建議魯思博士研發同步機以後，不只關心張傑呂綾，而且興趣轉移，鎮日種花蒔草，專為花草樹木牽紅線，請他到沒沒星把五穀雜糧配成可以適應那兒的品種，沒沒星不就是小小生命新星了！」

「話雖這樣說，可是月下老人不食人間煙火，他愛美愛花，難道也會愛五穀雜糧？」

「聽聽雅雅的意見！」

「送幾隻吃五穀雜糧的白鵝、鴛鴦、鸚鵡，還有狗狗給他作陪，他拚老命都會配出品種！」

經雅雅一番花言巧語，月下老人果然立下宏願，要把沒沒星變成美美星！其實愛花的有情老人自有他的盤算：「花兒們，不經一番寒徹骨，當地球毀滅時，往哪兒生存？」

有個夜晚，當皎潔的銀光撒滿神祕花園時，色彩美豔，姿態婀娜的各種花兒都迎著柔和的月光，輕巧的微笑著，載歌載舞，飄向老人身邊。

「啊！多可愛的花仙子，我該真心關懷她們，到沒沒星之前得先在她們的養護上做萬全的準備，避免她們成為無辜的白老鼠！」

魯思設計的網室巨蛋一切仿照豪宅花園，只是多了模擬沒沒行星聚霧成河，接受恆星明光進行光合作用的實驗。這些過程順利完成，魯思工程師才把巨蛋分解改裝貨櫃，由太空船艦運往目的地。

龐大的艦隊帶來豐富的資源，沒沒行星太空中途站順利搭建完成，花仙子們在五星級網室中，過慣了沒沒星的日子，果然枝葉茂盛，花枝招展，不甘寂寞的紛紛往外探出頭。

⑥挑戰神祕黑洞

瀟瀟兮廣漠太空

神祕兮恐怖黑洞
壯士兮勇往直前

花仙子在沒沒星的日子，靠著聚霧成水，有了充足的水分，加以豔麗的恆星明光，生長得又健康又快樂，不久就紛紛走出網室，適應沒沒星的生活。

這時張傑的太空艦隊又載許多動植物來這兒繁殖，沒沒星很快的變成美美星了。河流蜿蜒、大海汪汪，那清澈的水是透明無色的。海邊和河畔的砂石，是一顆顆晶瑩剔透的寶石，迎著明光閃閃發亮。

地球上的太空署也派遣特別訓練的農耕隊，搭乘張傑的太空艦到美美星來，隊長雷鳴是農學專家，很驚奇的發現經月下老人改良的植物品種很特殊，一株稻禾長出百支稻穗，一粒米可以煮成一鍋飯，果樹、菜蔬也是這樣，累累果實色澤晶瑩香脆可口，欣欣向榮的各樣蔬菜，芬芳翠綠，花卉更是朵朵嬌豔美麗，令人賞心悅目。

來到美美星的農耕隊員，面對著似乎跟他們說著話的農作物，不由得以尊貴的生命相敬重。不久，所有作物都跟他們心靈交會，研究的成果自然輝煌，踏進了宇宙奧妙的奇幻境界。

張傑和月下老人，都感覺到美美星確實是人類探索宇宙終點的最佳「中途站」，更是人類尋找終究幸福那遙遠旅途，中途歇息的「化城」。在這裡最可貴的是人們善良的本性可以原原本本的展現，因為不必你爭我奪，所以也不必奸詐、陰險、偽裝、作假了。既然如此，美美星不就是幸福的天堂了嗎？為什麼還說是「中途站」？

只因為美美星十分脆弱，雖然住民都善良溫柔，可是地球人的習性還沒完全去除，一不小心又會退轉回去貪瞋痴的惡習，美美星一旦受到糟蹋，恐怕立即回轉沒沒星！「幻化之星」命運終究如此啊！

張傑、魯思、月下老人深入探討：「我們怎可以停止腳步！找到真正的生命新星，才是我們的終極目地，否則地球毀滅之日來臨，美美星怎承受得了紛至沓來的遷移人潮？又怎能逃避幻滅的命運！」

「不容遲疑！挑戰黑洞去！」

「黑洞」是個謎，從來沒有人去而復還，就像死亡，從來沒有人死而復活。張傑夫婦和全體隊員在月下老人、魯思、農耕專家等人的歡送下，抱著壯士一去兮不復返的決心，從中途站出發，果敢的航向黑洞去。

經過漫長的航程，太空艦感受到前方的吸引力驀然增強，這是靠近了黑洞的警訊，張傑立刻指令密切注意情況的變化。千、萬、百萬、千萬磅、億萬磅，已是太空艦所能支撐的極限了，張傑用特殊功能天文鏡，加上他的神通眼觀看黑洞的狀況。

張傑驚奇的叫了起來：「多莊嚴，多絢麗的萬花筒！漆黑的漩渦只是洞口的部分，接著有很長很長的隧道，風在飄揚，雲在蜂湧，浪在翻騰，火在燃燒，然而洞的那一邊卻天空湛藍，依稀看得見天女在散花，鑽石般閃亮的星球悠悠運轉。」

就在張傑沉醉在如真似幻，奇異無比的景觀中時，忽然一陣暴風襲擊而來，整個艦身都在巨響中激烈震動起來。定神一看，是一顆星球被黑洞強大的引力吸著，快速掠過太空艦身邊啊！

「呀！多危險！如果被撞上了，後果不堪設想！」艦上乘員以顫抖的聲音交談著，可是艦長張傑卻下達令人驚奇的指令：「目標洞口，全速弧線飛行！」

太空船飛向黑洞側面，引擎全開，像猛禽撲向獵物般，衝向張開大口的洞穴，所有乘員都屏住氣息，等待即將發生的不可逆料的狀況。

「啊！多麼不可思議的景觀啊！」乘員們瞬間看到了黑洞的黑，並不是黑暗而是複合的多重色彩。黑洞的洞底並不是死亡谷，而是燦爛光明的另一端。

太空船安全掠過黑洞洞口，靠著強大的推進力，逐漸離開黑洞的引力，終於來到正常的空域了，艦上人人鬆了一口氣，紛紛來到艦長室一起觀賞剛才攝錄的影帶。

「呀！這是不可思議的大發現啊！過去以為黑洞是宇宙所有星球的墳墓，被吸進去了就融化而成為灰燼，想不到黑洞那邊卻另有天地啊！」

「那不是黑洞而是萬花筒啊！黑暗的那邊是萬花綻開的光明之地呢！」

「我想那兒一定是天神們居住的地方，安穩豐樂，琉璃為地，滿山黃金，七寶行樹，樹上結華美的果實，鳥兒囀鳴，天樂悠揚，天華紛紛散落，多美妙的天地啊！」

艦上的人憑著個人的想像，敘說著黑洞另一邊的景觀，誰說對了呢？誰都不知道！可是大家說得很起勁！很興奮，內心充滿喜悅！

超光速太空艦回到地球，張傑夫婦下了梯，第一個想找的是記者雅雅，人群裡看不見，打聽的結果她已經辭退職務，回去「造福鄉梓」了。

人類的「生命新星」在哪兒？根據張傑率領的航艦研究人員研判，該在黑洞的那一邊！而旋風肆虐的洞口，卻像千萬把利刃漩渦似轉動的大攪拌機，人類的科技能夠創造安然穿過黑洞的太空艦嗎？如果能，也是無法預料的很久很久很久的將來。

這時，人們猛然覺醒：「我們不能一廂情願，以為星際之內，總有可讓生命存在的行星可遷移，就肆意糟蹋地球。對地球，我們還得好好愛它一百年，不！三百年！不！長長久久！」

採訪太空新聞一輩子的雅雅，如今已是老態龍鍾的老嫗，不再奔波搶新聞，專心投入鄉里生態保育，她忘不了月下老人在美美星說的一句話：「不管怎麼說，地球才是月亮光照的故鄉，離得越遠越想念它。」

新桃花源記

當代最偉大的太空探險家張傑，比喻自己是為人類尋找新桃花源的樵夫，由於腳步踏實，航程已十分接近目標了，他總是謙虛的把功勞歸給太空工程師魯思。魯思是歷史上鼎鼎有名的魯班祖師一百一十九代子孫，魯班早在二千多年前就製造了會飛的木鳶。當時魯班離鄉背井謀生，日日夜夜思念新婚的妻子，於是造了木鳶，神不知鬼不覺，趁著黑夜飛回家跟妻子相聚。

魯思承接祖先豐富的創意，當太陽公公逐漸衰老，而地球又因汙染瀕臨毀滅，人類必須另覓新行星的時刻，積極投入開發太空的研究。經過他周詳精密的計畫，張傑駕駛新發明的超光船，向銀河神祕的源頭探尋而去，果然發現寶石般晶瑩透剔，美麗無比的行星，它映著恆星的彩光燦爛的閃耀，美得叫張傑喘不過氣來。

「這顆星球有明確的生命反應！」張傑興奮的向助理，他深愛的妻子呂綾說。

「喔！那我們果真發現憧憬已久的桃源淨土星囉！」

「地球人大舉遷移的可能性大為提升了！」

「可是地球人已經因汙染，而毀掉了一顆珍貴的行星——地球，不知遷居之後能不能一改前非，真正愛惜桃源淨土星？」

張傑嘆口氣說：「人類的貪念很深，一定會在開發新天新地的名義下，逐漸的破壞那顆星球的！如果他們有過一次太空遷移的經驗，會以為再找新星再遷居有什麼困難！如此宇宙裡可以讓生命繁衍的行星，將一顆又一顆的給人類汙染毀滅，那是多麼可悲又可怕的事啊！」

呂綾說：「果真如此，那我們不就是向無辜的行星，伸出毀滅的第一隻手囉！」

「不錯！當我了解眼前寶石般美麗的星球，確實有生命反應，所有指數都確定人類可以安全遷移，這時該高興？還是該擔憂？我的心是相當矛盾的！」

「你是不是認為保護這桃源淨土星，最好是暫時隱瞞，不向太空部報告？」

「呂綾，妳不愧是真正知我心的好妻子！」

「隱瞞得了嗎？對其他組員，還有地球上的總部怎樣交代？」

「魯思的生命探測器只在我手上有，而且魯思設定的開啟密碼也只有交給我，況且地球總部是魯思本人在操控。」

「嗯！魯思早就預料到今天的情況了？」

「是的！魯思跟我們是同心同德啊！」

「事關重要的情報，要隱藏到什麼時候？」

「那得看地球人什麼時候痛改前非，停止一切破壞大自然的行為啊！」

「嘟嘟！嘟嘟！」超光速電腦的螢幕上出現魯思從地球控制中心傳來的電訊：「緊緊的，用你溫暖的胸懷，擁抱新星，直到愛的曙光普照。」

張傑和呂綾看了會心一笑，立刻回電：「知了！知了！

直到遍地蟬鳴知了！」

張傑、呂綾、魯思，共同發現了銀河深邃的上游有顆桃源淨土星，映著恆星亮麗的彩光，像翠綠的寶石運行在湛藍的太空，等待著心靈淨化的人類遷居而去。

太空探險隊安全返航，基地又掀起一陣熱烈的歡迎場面，媒體又是一番熱鬧的報導，都說張傑夫婦配合魯思的金頭腦，找到新天新地的日子不遠了。

不過令人驚訝的是這時候，三個人竟一齊表示即日辭退太空部的工作，投入地球環保，當勤奮的志工。消息傳出，全球譁然，誰能接受如此「瘋狂」的動作呢！因為他們三人的工作和才智都不是有人可以替代的，他們的辭職等於把全人類的希望都毀滅了，人們大聲喊叫：「張傑！呂綾！魯思！你們怎能說退就退啊！」

張傑三人知道會有這樣的反應，早就準備好一份聲明：「我們想尋找的是怎樣的新天新地？無非是無汙染的淨土吧！可是你們曾經想過嗎？骯髒的手，烏黑的腳，能踏進潔淨的桃花源嗎？先洗清我們的手腳，淨化我們的地球吧！」

張傑、呂綾、魯思告訴人們，銀河的上游有桃源淨土星，映著太陽公公的親兄弟慈祥恆星的七彩光譜，等著淨化了心靈的人們早日來臨。他們說得很神祕，人們好奇的聽著卻不能完全瞭解，不過可以確定的是他們果真掀起了生態保育的風潮，是永不退燒的風靡全世界的熱潮。

附錄一

入迷奇幻的心理因素

「奇幻」的奇，指的是特別，不尋常，出人意料，想像不到的事。而幻呢？指的是看起來似乎是真的，但仔細看卻是假的，是虛空不實在，變化無常的事物。那麼「奇幻」就是很特別的似真似假的幻影、幻象、幻境、幻夢了。很奇怪的是人類無論男女老幼，自古以來就格外嚮往「奇幻」，情不自禁的被奇幻所吸引。

就因為人人心繫奇幻，奇幻也就成為人類文學創作的靈感，有人說這是神的啟示，比藝術手腕還更重要。

一、直覺的美感

「奇幻」的起源，跟人類「物我兩忘」的美感經驗有密切關係，人們最直接，最普遍的美感，是單純的意象世界，也就是孤立、絕緣的意象。兒童接觸塵世的紛擾很少，時常活在天真的想像世界，於是看見千變萬化的雲朵，就沉迷在直覺的幻境，聽見喃喃絮語般的風聲，就想像遠地傳來的仙女的歌聲。當一個人進入奇幻的境界時，意識裡只有一個完整而單純的意象，微塵在他是大千，剎那在他是亙古。這是凝神的、直覺的天人合一的世界。

二、願望所託

人類所以幻想，從心理層面來說，大部分是由一個人的「願望」所產生的。

小孩子們的願望，大都是很天真的、無邪的，雖然沒有什麼偉大的、高尚的願望，但卻有他們生活上和成長上不同於大人的壓力和心理恐怖，於是就在幻想裡尋求逃避壓力和對抗恐怖的「法術」。

兒童的幻想大半是願望的滿足，他心裡想起一種意境就信以為真，把它向外投射出去，成為一種遊戲、故事或圖畫，由此在現實世界達成願望的實現和滿足。

三、遊戲心理的產物

奇幻文學的作品就像美國科幻作家露薇茵所說的「是心靈境界的遊戲」。美學上說藝術和遊戲一樣是不帶實用目的的自由活動，兒童在遊戲中得到許多快感，不肯放棄它，直到成年後仍然喜歡遊戲。遊戲的功用一方面是模仿成人的工作，作為成年的準備，一方面也使本能活動中可能為患的附帶的情緒發洩出去，獲得心理的平衡，也就是把壞影響加以「淨化」，獲得心靈的昇華。

心理學家德萊．庫瓦說：「一個小孩從五歲到九歲都在幻想著故事，他一方面根據現實，一方面也是超越現實的沉醉在他的幻想，兒童的遊戲對現實世界是執著，也是遁逃，他一方面要征服現實，同時也想閃避現實，他在這個世界上面架起另一個世界，使自己在那個世界得到有能力的幻覺。」

兒童對幻想和遊戲是十分認真且專注的，可說是把全副精神都擺在裡面，專心一致，物我兩忘。當兒童成群遊戲時，他們有個默契，大家都要相信所玩的玩意兒都是真的，如果有一個兒童說一句破綻的話，就犯了群體的大忌，不但掃興而且會受到大家的斥責。兒童們的這種心理跟藝術家把熱烈的、燦爛的幻想，外射為具體的形象時，並不覺得那個世界是虛幻，是一樣的心理啊！

兒童的幻想遊戲在大人看起來或許毫無意義，可是兒童卻在那當中看出了自我的權能，享受到生存的快樂。其實兒童的世界跟成人的是截然不同的境地呢！了解了這一點才能理解童年的可貴，也才能為他們創作趣味盎然的奇幻故事。

四、美妙的童心

一個人年齡愈長，現實的認識愈精確，生活的壓迫也愈沉重，處處都變成平凡呆板，於是苦悶也逐漸增加，這是大人的不幸。而天真的孩子們呢？他們相信遼闊的天際外，或是樹林湖山及一切眼睛所看得到的事物背後，都另有一個完全新奇的世界，那兒充滿憧憬和快樂，也充滿夢幻和期待，這樣的童心，多麼美妙幸福！

就因為童心具有無限的可能和心靈境界的真實，因此作者必須把現實的哲學思維、道德教訓的主題意識徹底拋開，更不能企圖把膚淺的教養和知識，混入故事中瞞天過海。奇幻文學內涵的真理必須是發自作者深沉的內心，譬如路易斯在《納尼亞傳奇》裡隱藏的是他深沉的基督教信仰，宮澤賢治在《銀河鐵道之夜》裡，暗示的是他對《法華經》深邃的冥思。

五、結語

奇幻故事的創作看似無拘無束，揮灑自如，不過事實上卻比寫實還費心費力，首先作者必須了解兒童的心理，然後保持非常清醒的頭腦，縱然故事從朦朧渾沌中出發，卻要條理井然的構築一個有機的、有生命的小宇宙，再特別留心細部描寫，使得非現實的事物產生真實感，催眠似的讓讀者信以為真。當讀者以真實接受了訊息後，他很自然的就會揉合了自己的想像，使奇幻故事在作者和讀者互動中成立，這是很微妙的心理活動，是人類文化得以無限發展的因素之一。

九歌故事館 14

真的！假的？魔法國

著者	傅林統
繪者	李月玲
責任編輯	鍾欣純
創辦人	蔡文甫
發行人	蔡澤玉
出版發行	九歌出版社有限公司 臺北市八德路 3 段 12 巷 57 弄 40 號 電話／25776564・傳真／25789205 郵政劃撥／0112295-1
九歌文學網	www.chiuko.com.tw
印刷	前進彩藝股份有限公司
法律顧問	龍躍天律師・蕭雄淋律師・董安丹律師
初版	2016 年 10 月
定價	**280 元**

書號	0174014
ISBN	978-986-450-087-1

（缺頁、破損或裝訂錯誤，請寄回本公司更換）

本書榮獲桃園市立圖書館補助出版

國家圖書館出版品預行編目 (CIP) 資料

真的！假的？魔法國 / 傅林統著 ; 李月玲
圖 . -- 初版 . -- 臺北市 : 九歌 , 2016.10
面 ;　公分 . -- (九歌故事館 ; 14)
ISBN 978-986-450-087-1(平裝)

859.6　　105016392